www.tredition.de

Harald Fuchs

Kreuzberg

Oberpfalzkrimi aus Schwandorf

www.tredition.de

© 2019 Harald Fuchs

1. Auflage Februar 2019
Verlag und Druck: tredition GmbH, Halenreie 40-44,
22359 Hamburg

ISBN
Paperback: 978-3-7482-3355-8
Hardcover: 978-3-7482-3356-5
e-Book: 978-3-7482-3357-2

Foto auf der Titelseite: Harald Fuchs

Gestaltung der Titelseite: Harald Fuchs

Für sich ist jeder unsterblich,

 er mag wissen,

dass er sterben muss,

aber er kann nie wissen,

 dass er tot ist.

Samuel Butler

Nachweis

1997: Harenberg Lexikon der Sprichwörter & Zitate,

ISBN 9783611006111

 Seite 1255, Verlag Harenberg

Zu diesem Buch

Wenn er gewusst hätte, was auf ihn zukommen würde, als er die Autobahn verließ, um einen Stau zum umfahren, dann hätte er sich lieber geduldig in die Reihe der wartenden Autos gestellt. Aber so nahm das Schicksal seinen Lauf.

Der Unfall auf der Staatsstraße sah zunächst aus, wie ein ganz normaler Verkehrsunfall. Obwohl Harry das Unfallopfer nicht kannte, wurde er immer mehr in mysteriöse Geschehnisse der Vergangenheit verwickelt. Am Krankenbett erzählte das Unfallopfer Heinrich eine etwas wirr klingende Geschichte, die Harry, genau wie die behandelnden Ärzte, als Sinnesverwirrung durch die vielen Medikamente abtat. Eigentlich ging ihn das Ganze nicht das Geringste an. Da er aber nicht nur einige Personen des Umfeldes von Heinrich kannte, sondern auch viele Orte an denen sich die Ereignisse damals abgespielt hatten, wurde sein Interesse geweckt.

Ohne sein eigenes Zutun kam er immer mehr in die Mühlen von Justiz und Bandenkriminalität, bis er sich schließlich von beiden Seiten regelrecht bedroht fühlte.

Harald Fuchs stieg mit 58 Jahren aus dem Berufsleben aus und widmete sich seinen Hobbys, die seine Zeit mehr in Anspruch nahmen, als er sich je hatte träumen lassen. Neben mehreren Bauprojekten fuhr er als Schiffsführer viele Wochen durch das Mittelmeer, was ihn dann letztendlich zu seinem Engagement in der Seenotrettung führte. Für viele Reisen zu kulturellen Highlights wie zur Biennale di Venezia oder zur Documenta in Kassel und zu vielen weiteren Städten Deutschlands und Europas, sowie mehrwöchige Reisen durch viele europäische Länder war nun hinreichend Zeit. Die zehnwöchige Reise durch Südostasien im Frühjahr 2019 über Wasser mit einem Segelschiff, unter Wasser mit vielen Tauchgängen in tropischen Meeren und Touren über Land zu den letzten Nachkommen von Kopfjägern und zu erloschenen und aktive Vulkanen werden sicher keine Langeweile aufkommen lassen. Neben seinem ersten Buch „Laila weint nicht mehr" und diesem Buch ist ein drittes Buch in geplant.

Kapitel 1 Der Unfall

Er war sowieso schon zu spät dran, als er beim Frühstück in Schwandorf im Verkehrsfunk die Meldung vernahm, dass sich zwischen Regenstauf und Regensburg auf Grund eines Verkehrsunfalls ein Stau von vier Kilometern gebildet hatte. Um großräumige Umfahrung der Unfallstelle durch ortskundige Autofahrer wurde gebeten.

Auf dem Wecker war die Weckzeit zwar eingestellt, jedoch versehentlich nicht aktiviert, so dass er eine halbe Stunde später als geplant wach wurde. Seit er verwitwet war, fuhr er immer schon ziemlich früh los, um dem Morgenverkehr in Richtung Stadt zu entgehen, der meistens um sechs Uhr einsetzte und sich erst nach acht Uhr wieder aufzulösen begann.

Etwas missmutig und unrasiert fuhr er mit seinem roten Z3 los. Wenigstens hatte der Wetterbericht für heute Nachmittag noch ein Traumwetter angekündigt. Temperaturen über dreißig Grad würden ihn nach Arbeitsschluss bei einem Bad im Klausensee für die mühsame Fahrt zur Arbeitsstelle entschädigen. Die Gaststätte „Wolferlohe" hatte nach mehreren Besitzerwechseln endgültig geschlossen, doch er hatte nach der äußerlichen Erfrischung im See noch genügend Auswahlmöglichkeiten, um seinen leiblichen Bedürfnissen Genüge zu tun und Feierabendbier zu genießen.

Für eine Fahrt mit offenem Verdeck war es ihm morgens trotzdem noch zu frisch, doch die CD mit Pink Floyd vertrieb ihm die schlechte Laune mit „Smoke on the water". Der Sonnenaufgang mit einem Gemisch aus gelben, rosa- und orangefarbenen Tönen hellte zudem sein Gemüt wieder ein wenig auf. Die grauen zarten Wolken am Horizont erinnerten ihn ein wenig an Rauch Die Fahrt bis zur Autobahnausfahrt, an der er abfahren wollte, um den Stau zu umgehen, spulte er, wie schon hunderte Male vorher, wie in Trance ab. Er kannte beinahe jeden Straßenpfosten persönlich. Nicht dem Namen nach natürlich. Aber einige hatten Schrammen, anderen fehlte die Reflektormarkierung, bei wieder anderen war die Farbe abgeblättert. So hatte fast jeder sein eigenes Kennzeichen.

Die Straße in Richtung Regenstauf war dann aber doch deutlich mehr durch Straßenverkehr belastet als üblich, da vor ihm noch eine Menge anderer Autofahrer auf die Idee einer Stauumfahrung gekommen waren. Der Verkehr bewegte sich jedoch vorwärts, wenn auch langsam.

Auch wenn er keine Zeiteinsparung haben sollte, war es ihm eine Genugtuung, wenn wenigstens die Räder rollten, statt im Stau zu stehen. Die Ampeln in Regenstauf stauten den Verkehr auf und wenn wieder eine Autokolonne das Ortsschild passierte, dann konnte man einmal auf das Gas drücken, nur um dann schon vom nächsten Stau eingebremst zu werden.

Die tiefstehende Morgensonne blendete ihn und als er gerade die Sonnenblende nach unten klappte, nahm er zwar alles wahr, was sich vor ihm abspielte, doch es waren zu viele Eindrücke, die sich da gleichzeitig auftaten. Als erstes sah er ein Reh so gute zwanzig Meter vor seinem Auto über die Straße laufen, die etwa drei Meter hohe Böschung hinunterspringen und im angrenzenden Maisfeld verschwinden. Gleichzeitig registrierte er, dass etwa zehn weitere Meter vorne ein Motorradfahrer schlingerte und die Böschung hinunterfuhr. Fast auf gleicher Höhe mit dem Motorradfahrer fuhr ein schwarzes Auto, welches die Geschwindigkeit deutlich reduziert hatte, jedoch nicht zum Stillstand kam. Harry bremste seinen BMW zwar sehr stark ab, doch es bestand keine Gefahr einer Kollision von hinten, da das vor ihm fahrende Auto wieder Geschwindigkeit aufnahm und seine Fahrt eilig fortsetzte ohne sich um den Unfall zu kümmern.

Direkt an der Stelle, an der der Motorradfahrer die Straße unfreiwillig verlassen hatte, kam er mit seinem Fahrzeug zum Stehen. Harry schaltete schnell noch die Warnblinkleuchte ein und ging hinten am Auto vorbei zur Unfallstelle, an der er jetzt den BMW-Kabinenroller am Fuß der Böschung auf der Seite liegend entdeckte.

Die erste Annahme, dass es sich um ein Motorrad handelte, konnte er erst gedanklich korrigieren, als der das Gefährt sah. Die Räder waren zu klein für ein Motorrad. Nur ein paar Mal vorher hatte er so einen Roller gesehen. BMW stellte diese Dinger mit den Überrollbügeln seit einiger Zeit her.

Teils darunter und teils darüber lag dessen etwas beleibter Fahrer in verrenkter Haltung. Sein linker Fuß war unter dem Roller eingeklemmt und sein rechter Fuß lag in unnatürlicher Haltung zwischen Gasgriff und Bremse eingeklemmt. Der Mann war zwar ansprechbar, jedoch sichtlich verwirrt. Offensichtlich schien er kaum Schmerzen zu verspüren.

Er vermutete, dass er den Motorroller aus eigner Kraft anheben konnte. Doch das Gewicht des Rollers selbst und der teilweise darauf liegende Mann belehrten ihn eines anderen. Da Harry den

Mann nicht aus eigener Kraft befreien konnte, redete er ihm noch kurz beruhigend zu und ging wieder hoch zur Straße, um mit seinem Handy zunächst die Polizei und einen Krankenwagen zu verständigen. Danach versuchte er ein weiteres Auto anzuhalten, um zusätzliche Hilfe für die Erstversorgung des Verunfallten zu bekommen. Doch so sehr er sich auch bemühte, es hielt keines der vielen Autos an, die offenbar nur das rote Auto mit der Warnblinkleuchte am Straßenrand stehen sahen. Die meisten Fahrer wollten anscheinend ebenfalls den Stau umfahren hatten es eilig. Außer seinem Auto war kein weiteres Anzeichen eines Unfalls zu sehen und die meisten dachten wohl an eine Panne oder dass er vielleicht zu tanken vergessen hatte.

Wie dem auch gewesen sein mag - ein paar wertvolle Minuten verlor er, um zu helfen. Doch alleine war er machtlos, wie sein Versuch vorhin gezeigt hatte. Schließlich hielt ein Auto mit einer kaum zwanzigjährigen Fahrerin an. Nachdem er sie kurz über die Situation informiert hatte, ging sie mit ihm die Böschung zur Unglücksstelle hinunter. Gottseidank keine Stöckelschuhtussi, dachte Harry bei sich, als sie mit ihren Turnschuhen trittsicher die Böschung nach unten ging.

Der Motorrollerfahrer stöhnte nun auch vor Schmerzen und bat die beiden, ihn von seinem

Gefährt zu befreien. Die junge Frau nahm das eingeklemmte Bein vorsichtig mit beiden Händen und Harry versuchte, den Motorroller ein wenig hochzuheben. Ein Ding der Unmöglichkeit! Wie schwer mochte der Roller sein? Mehrere hundert Kilo waren es allemal. Zumindest hatte er den Eindruck. Da der darunterliegende Mann schon bei der kleinsten Berührung oder Bewegung aufschrie, brachen die beiden Helfer ihren Versuch ab, den Roller hochzuheben. Das Bein unter dem Motorroller war kaum zu sehen, jedoch ließ eine seltsame Verrenkung die berechtigte Annahme zu, dass hier eine schlimmere Verletzung vorliegen musste.

Während Harry die Böschung noch einmal hocheilte, um weitere Hilfe zur Unterstützung zu holen, sprach die junge Frau beruhigend auf den Mann ein. An der Straße hielt eben ein Bus an und die Insassen drückten neugierig ihre Nasen an die Fenster, um zu sehen was da passiert sei. Harry wollte in den Bus steigen, um nach Helfern zu fragen. Doch anstatt die Hydrauliktür zu öffnen, fuhr der Bus wieder an und reihte sich wieder in die Schlange der vorbeifahrenden Autos ein.

Harry gab den Versuch auf, wenigstens eines der unzähligen Autos zum Anhalten und deren

Insassen zur Hilfe zu bewegen. Alle fuhren langsam vorbei und gafften, um dann wieder zu beschleunigen und sich zu entfernen. Wieder zurück beim Motorrollerfahrer sah er, wie die junge Frau dem Mann tröstend über die Wange strich und ihm beruhigende Worte zusprach. Dieser fragte lediglich nach einer Zigarette und bat die Frau, die Zigarettenschachtel aus seiner Hemdtasche unter seiner Jacke zu holen. Als sie die Jacke zurückschlug, sahen wir beide sein blutdurchtränktes weißes Hemd. Trotzdem nahm sie Zigarettenpackung und Feuerzeug aus der Hemdtasche. Als sie ihm mit zittrigen Händen mit dem Feuerzeug die Zigarette in seinem Mund anzündete, sahen wir die Entspannung in seinem Gesicht. Gierig sog er den Rauch ein, inhalierte und stieß diesen in einer qualmenden Rauchwolke wieder aus. Schmerzen schien er in diesem Moment nicht zu verspüren. Zumindest deute kein Anzeichen in seinen Gesichtszügen darauf hin.

Ohne dass sie beiden sich weiter um die Ursache der blutenden Wunde kümmern mussten, trafen endlich ein Polizeiauto und kurz darauf auch der Krankenwagen ein. Sie konnten nun die Unfallstelle verlassen, da professionelle Hilfe sich um den Verletzten kümmerte. Die Polizei nahm die Personalien und die Adressen der beiden auf und befragte Harry zum Unfallhergang. Was er über den Hergang wusste, sagte er aus. Er berichtete auch von dem dunklen Fahrzeug, dessen Autonummer er nicht mehr wiedergeben konnte. Dass es sich wahrscheinlich um SAD und dann noch etwas handelte, war den Polizisten dann doch zu wenig, als dass sie eine Fahndung wegen Fahrerflucht eingeleitet hätten. Offensichtlich war ja die Unfallursachte das Reh, welches vorher die Fahrbahn überquerte. Die Beamten bedankten sich noch bei den beiden für ihre Hilfe. Danach konnten die beiden ihre Fahrt wieder fortsetzen.

Leider hatten sie ihre Kontaktdaten nicht ausgetauscht. Harry hätte sich gerne bei der jungen Frau für die spontane Hilfe bedankt. Da er das an der Unfallstelle jedoch vergessen hatte, musste er das bleiben lassen, denn bei der Polizei nach ihren Daten nachfragen wollte er auch nicht. Wer weiß, ob er die Telefonnummer überhaupt bekommen hätte?

Da alles ereignete sich im Frühsommer 2010 und war der Auftakt zu vielen Verwicklungen und Verstrickungen, in die Harry die nächsten Jahre noch geraten sollte. Gut, dass er damals noch keine Ahnung von dem hatte, was noch alles auf ihn zukommen würde.

Kapitel 2 Der Krankenbesuch

Einige Tage später erhielt Harry einen Anruf von dem Polizisten, der den Unfall und seine Zeugenaussage aufgenommen hatte. Der Verunfallte wollte sich bei ihm bedanken und der Polizist fragte nach, ob er seine Telefonnummer an den Verletzten weitergeben dürfe. Selbstverständlich stimmte er zu und freute sich sogar darüber. Natürlich wollte auch er wissen, welche Verletzungen das Unfallopfer sich zugezogen hatte.

Da der Mann ins Krankenhaus der Barmherzigen Brüder in Regensburg eingeliefert worden war und Harry nur einige Kilometer entfernt davon arbeitete, stattete er dem Verletzten nach der Arbeit einen Besuch ab, noch ehe er einen Anruf von diesem bekam.

Als Harry das Krankenzimmer betrat, sah er den schlafenden Mann mit einem dicken Schulterverband im Bett liegen. Der linke Fuß war eingegipst und in einer Schlaufe am Galgen des Bettes aufgehängt.

Heinrich Balzer, diesen Namen hatte ihm der Polizist am Telefon genannt, blinzelte verschlafen auf. Nach einer Weile erkannte er seinen Retter wieder. Seine rechte unverletzte Hand drückte die von Harry mit erstaunlich festem Händedruck. Lange ließ er die Hand nicht los und bedankte sich immer und immer wieder. Die Ärzte sagte ihm, dass er ziemlich sicher verblutet wäre, wenn er keine Hilfe bekommen hätte. Von der Straße aus war der Motorroller tatsächlich nicht am Fuß der Böschung zu sehen gewesen und wer weiß wie lange er da hätte liegen müssen, bis anderweitige Hilfe gekommen wäre.

Erst als Harry sagte, dass ein großer Dank auch der jungen Dame gebühre, erinnerte sich Heinrich wieder an die junge Frau, die ihm eine Zigarette angezündet hatte. Anscheinend war er noch etwas benommen von den Schmerzmitteln die ihm über eine der zwei Infusionen zugeführt wurden.

Heinrich hatte viel zu erzählen und bald entdeckten sie dann auch Gemeinsamkeiten, wie zum Beispiel, dass beide öfters mal im Café Falier beim Arthur oder im Gasthaus Grafenbeck beim „Seff" zu Gast waren. Wissentlich gesehen hatten sie sich aber vorher nicht. So dauerte es auch nicht lange, bis die beiden per Du waren.

Plötzlich stockte Heinrich ein wenig und seine Stimme wurde ernster. „Er hat es schon wieder versucht. Doch die Polizei glaubte mir nicht, als ich es ihnen vorgestern erzählte. Auch die Ärzte sagten, dass die Schmerzmittel meine Sinne beeinflussen könnten. Und solche Zufälle gebe es ganz einfach nicht, dass ein Reh über die Fahrbahn läuft und ich gleichzeitig vom Motorroller gefahren werden sollte! Aber ich habe nicht fantasiert!"

Während er ihm das alles erzählte, wurde er immer aufgeregter und er wollte sich im Bett aufrichten, was ihm aber aufgrund seiner schweren Verletzungen nur umständlich gelang. Neugierig geworden fragte Harry nach: „Wer ist denn er? Was hat er denn vorher getan? Erzähl mir ganz einfach das Ganze von vorne."

Heinrich ließ sich seufzend auf das Bett zurücksinken. Er dachte lange nach und begann weit auszuholen: „Wir waren sogar Freunde in der Volksschule damals, Siegried und ich. Er war älter als ich und ich schaute sogar bewundernd zu ihm auf. Zwar waren wir nicht die besten Freunde, aber dennoch hatten wir auch nachmittags öfters mal gemeinsame Unternehmungen mit unserer Kinder-Clique. Erst als ich ins Gymnasium ging und er weiter die Volksschule besuchte, riss die Verbindung ab. Bis ich einige

Jahre später Sandra in unserer Schulbücherei kennenlernte. Ich umwarb sie, lud sie mal zu einem Kaffee ein oder wir gingen nachmittags zum Baden. Schließlich wurden wir ein Paar. Sie war genau so alt wie ich und zweifellos reifer als ich. Diese Liaison hielt jedoch nur ein paar Monate und wir gingen wieder unsere eigenen Wege. Dass Sandra damals vorher die Freundin von Siegfried war, erfuhr ich erst viel später. Genau da, als er mir ein blaues Auge verpasst hat. Ohne irgendeine Vorwarnung kam er von hinten zu mir an die Theke und schlug mir mit der Faust ins Gesicht. „Für Sandra!", rief er und verschwand dann ziemlich schnell aus dem Café. Obwohl ich ihm körperlich in jeder Hinsicht unterlegen gewesen wäre, wollte er dennoch nicht auf einen Gegenangriff von mir warten! Ich war ja zwei Jahre jünger als er und ich hätte keine Chance gegen ihn gehabt. Aber so war Siegfried. Hinterrücks hatte er immer Mut."

„Aber sowas kann doch kein Grund sein, dich vom Motorroller zu fahren?", fragte ich ihn erstaunt.

„Es geht ja noch weiter, warte doch ab! Wieder gingen einige Wochen ins Land und ich sah ihn am Marktplatz beim Schmid-Bräu stehen. Ich gebe zu, ich hatte Rachegelüste und ging von hinten an ihn heran, wie er damals bei mir. Als er vom Eis leckte, knallte ich mit der flachen Hand dagegen, so dass er die kalte Masse ins Gesicht bekam. Noch bevor er sich von seinem Schrecken erholen konnte, wollte ich ihm den Schlag auf mein Auge zurückgeben. Da ich etwas schlecht gezielt hatte, traf ich mit meiner Faust mit voller Wucht seine Nase, die kurz darauf heftig zu bluten anfing. Mit von Passanten angebotenen Taschentüchern wischte er sich ein Gemisch aus Eis und Blut aus dem Gesicht, während ich mich schleunigst davon machte! Da er größer und älter war als ich, hätte ich schlechte Karten gehabt, wenn ich mich ihm gestellt oder wenn er mich erwischt hätte."

„Das war schon heftig, was du da gemacht hast", antwortete ich. „Doch um einen Menschen vom Roller zu fahren oder umzubringen, das ist eine ganz andere Sache! Vor allem so viele Jahre später!".

„Warte ganz einfach ab. Es ging ja gerade einmal los mit der ganzen Angelegenheit. Einige Jahre später war ich mit meiner späteren Verlobten beim Griechen in der Oberpfalzhalle beim Willi zu Essen. Das war damals im Herbst 1999 und wir waren auf den Tag genau drei Monate verlobt. Zu Willi gingen wir, um das Dreimonatige zu feiern. Siegfried musste mich da gesehen haben, ohne dass ich ihn bemerkte. Woher er wusste, welches Auto ich fuhr und welche Autonummer ich hatte, habe ich bis heute nicht erfahren. Aber wie ich dir schon vorher erzählt habe, Siegfried arbeitete immer heimlich und im Hintergrund. Ich erschrak dann auch, als zwei Polizisten an meinen Tisch kamen und mich mit meinem Namen ansprachen. Siegfried war wohl dabei ertappt worden, wie er drei Reifen an meinem Auto zerstach und gerade dabei war, sich an den vierten zu machen. Die Polizeistreife, die nur einige hunderte Meter von der Station an der Wackersdorfer Straße bis hier zu fahren hatte, erwischte ihn auf frischer Tat. Gäste hatten Siegfried bei seinem Werk beobachtet und hatten die Polizei gerufen.

Als er dann auch noch versuchte mit seinem Auto zu flüchten, Widerstand gegen die Polizeibeamten leistete und obendrein übermäßiger Alkoholgenuss festgestellt wurde, kannst du dir vorstellen, dass die folgende Gerichtsverhandlung mit einem harten Urteil gegen ihn ausfiel. Die Geldstrafe steckte er noch verhältnismäßig gut weg. Doch das einjährige Fahrverbot gegen ihn wurde auf mehrere Jahre ausgedehnt, weil er die psychologischen Tests nicht bestanden hatte.

Da er anschließend nach München gezogen ist, hatte ich wieder Ruhe vor ihm. Solange bis ich ihn vor zwei Wochen wiedersah. Ich besuchte auf dem Kreuzberg eine Gospelmesse und anschließend sah ich ihn bei einer Brotzeit in der Gaststätte sitzen. Zwei Tische weiter starrte er zu mir herüber. Sein Blick war alles andere als freundlich. Kaum eine Sekunde, in der mich seine finsteren kalten Augen nicht fixiert hatten. Ohne mein Essen noch fertig zu verspeisen, bezahlte ich und fuhr nach Hause.

Einige Tage später bemerkte ich in der Stadt einen schwarzen Audi hinter mir. Im Rückspiegel konnte ich deutlich den spitzigen Bart erkennen, den Siegfried trug. Außer Dali kannte ich keinen einzigen Menschen mit so einem Bart. Und obwohl die Sonne blendete, war ich mir ziemlich sicher, dass dieser Bart zu Siegfried gehörte. Ganz sicher war ich mir dann, als ich den schwarzen Audi immer wieder hinter mir im Rückspiegel sah. Sogar auf der Autobahn fuhr er in zirka hundert Meter Abstand hinter mir. Egal ob ich die Geschwindigkeit erhöhte oder verringerte, der Abstand blieb immer gleich.

Das Reh vor ein paar Tagen war dann nur der willkommene Auslöser des ganzen Vorgangs. Ich musste stark abbremsen, weil vor dem Reh noch ein paar andere Tiere die Fahrbahn überquert hatten. Siegfried reagierte mit seinem Abbremsen so spät, dass er neben mich kam und mich dann mit voller Absicht abschießen konnte, indem er das Steuer hart nach rechts riss. Ich stürzte in den Graben und der Rest ist dir ja bekannt!"

„Warum hast du denn das alles nicht der Polizei erzählt, was du mir eben gesagt hast?", fragte ihn Harry verwundert.

„Erstens haben die mich an der Unfallstelle schon mit Schmerzmitteln vollgepumpt. Dann war ich nach der Operation noch halb im Delirium. Und als mich die beiden Polizisten dann am Krankenbett befragten und dem Arzt glaubten, dass ich wohl fantasiere, war der Fall für sie erledigt.".

Was Harry von alle dem halten sollte, wusste er damals nicht. War das wirklich alles so passiert der fantasierte Heinrich unter dem Einfluss von Schmerzmitteln. Es schien alles schlüssig in den Erzählungen zu sein. Ganz sicher wusste Harry aber nur, was sich vor einigen Tagen an der Unfallstelle abspielte.

Abends dachte er dann noch einmal an die Geschichte, die ihm Heinrich erzählte, nahm sich dann aber ein Buch und fiel später in einen unruhigen Schlaf. Die Träume handelten von einem Wecker, der nicht gestellt war und zwei Mal in dieser Nacht vergewisserte er sich, dass dieser auch wirklich aktiviert war.

Die Morgensonne, die ihre warmen Strahlen durch die Gardinen des Fensters schickte und dampfender Kaffee mit einem Croissant verschafften ihm gute Laune. Peter Maffay trug zur ebenfalls zur guten Stimmung bei.

Er fuhr über die Autobahn zur Arbeitsstelle, ohne dass ihn Verkehrsbehinderungen belästigten.

Kapitel 3 Der Geheimnisvolle

Irgendwann stellte sich der Alltag wieder ein und Harry hatte die ganze Angelegenheit schon fast vergessen. Wenn er nicht eines Abends noch ein Feierabendbier bei Arthur zu sich genommen hätte! Außer dem Graf Seff waren noch ein paar Gäste im Café, die er kannte, als ihm ein Mann mit Spitzbart am Tresen irgendwie bekannt vorkam. Erst kam er ihm nur flüchtig ins Gesichtsfeld, weil er sich mit seiner leichten weißen Jacke aus dem Umfeld der anderen Gäste hervorhob. Er saß alleine auf einem Barhocker und nichts außer seinem Zahnstocher, mit dem er zwischen seinen Zähnen herumstocherte, leistete ihm Gesellschaft. Das schwarze Hemd und seine weiße Krawatte waren weitere Indizien dafür, dass er nicht nur durch seinen doch sehr extravaganten Bart auffallen wollte. Vor ihm lag eine Zeitung auf dem Tisch, der er jedoch keine Aufmerksamkeit schenkte. Der weiße Sommerhut mit dem schwarzen umlaufenden Band daneben auf der Zeitung gehörte zweifellos ihm.

Unwillkürlich fiel Harry die Geschichte mit Siegfried wieder ein, die ihm Heinrich nach dem Unfall im Krankenhaus erzählt hatte. Er hatte den Mann am Tresen noch nie zuvor gesehen und sicher gab es noch viele ähnlich aussehende Männer in Deutschland. Aber in Schwandorf hatte er bisher noch keinen mit einem so auffälligen Bart gesehen. Ein Bart, der dem von Salvador Dali wirklich mehr als ähnlich war.

Harry fragte den Graf Seff, ob er den Mann an der Bar vielleicht kenne. Das Urgewächs als eingefleischter Schwandorfer kannte zwar nicht jeden Ortsansässigen hier, aber sicherlich mehr als alle anderen Einwohner in der Stadt. Seff war ein Urgestein und liebte seine Heimat und die Menschen hier. Die meisten jedenfalls. Selten fuhr er in Urlaub, weil er einfach in seine Heimat verliebt war. Das zeigte sich auch an seinem Gasthaus, welches an der Fassade mit blau-weißen Rauten verziert war. Und dass er die Traditionen pflegte, sah man auch an seinem Äußeren. Seinen typisch bayerischen Spitzhut aus Filz mit den vielen Wanderabzeichen legte er selten ab. Der Vollbart in seinem Gesicht sah so aus, als ob er eben von den Festspielen aus Oberammergau gekommen wäre. Die listigen Augen, die große Nase, der graue wallende Bart und seine Kleidung – das alles passte so zu ihm, dass man ihn auf jeden Fall erst schnitzen hätte müssen, wenn es ihn nicht schon nicht gegeben hätte.

Der Grafenbeck, so wurden sowohl er als auch sein Wirtshaus im Allgemeinen genannt, war eigentlich Bäcker. Und so verband er seinen zwei Leidenschaften miteinander. Im Gastzimmer seines Wirtshauses standen immer Körbe mit verschiedenen Backwerken auf dem Tisch, die er bei Bedarf von seiner Bäckerei direkt nebenan wieder befüllen konnte.

Beim Seff gab es nicht nur einen Stammtisch, sondern mehrere. Eine der vielen verschiedenen Interessengruppen hatte immer ihr Treffen an einem der Tische, so dass sein Wirtshaus meist gut gefüllt war.

An seinem Ruhetag, ging der Seff, dessen bayerischer Kurzname Sepp war und sein hochdeutscher Vorname Josef, gerne in ein anderes Lokal und ließ sich auch gerne das ein oder andere Mal bedienen. Da trank er dann ein paar Seidl Bier. Auch wenn es nicht wegen des Durstes war, dann trank er halt noch ein Bier – der Geselligkeit wegen. Weit musste er ja nicht nach Hause gehen. Vom Arthur zu ihm waren es nur ein paar Häuser, dann über den Wendelinplatz und noch einmal ein paar Häuser und schon war er zu Hause.

Seff senkte sowohl seinen Kopf als auch seine markante raue Stimme noch ein wenig, damit man ihn weiter entfernt nicht mehr hören konnte. „Den kennst du nicht? Der ist doch hier bekannt hier wie ein bunter Hund. Damals Anfang der achtziger Jahre munkelte man, dass er in den Mordfall mit der fünfzehnjährigen Christa Mirthes verwickelt gewesen sein könnte. Zumindest verkehrte er im Umfeld des oder der Hauptverdächtigen. Das Mädchen hatte man damals unter Sperrmüll schon halb verwest in einem Brunnen mitten in der Stadt in der Nähe des Kolpinghauses gefunden. Nachweisen hat man weder ihm noch einem anderen etwas können. Erst viele Jahre später wurde er in einem anderen Falle wegen Totschlags verurteilt. Um die Jahrtausendwende muss das gewesen sein. Zehn Jahre hat er damals nur bekommen, weil es keine Zeugen gab. Der Tote muss furchtbar ausgesehen haben. Die zehn Jahre musste er in Stadelheim voll absitzen, weil er wohl auch im Gefängnis nicht kooperiert hat und wohl auch nicht als resozialisierbar galt!"

Mit einem Bekannten aus seinem Heimatort und dessen Freundin hatte Harry mit seiner damaligen Frau Anfang der Achtziger in deren Wohnung einmal Fondue gegessen. Dabei kam die Sprache auch auf die ermordete Christa, die in dem verfallenen Anwesen nebenan in einem Brunnenschacht gefunden wurde. Harry blieb das gut in seiner Erinnerung haften, weil seine Frau mit besagter Christa in die gleiche Schulklasse gegangen war. Zumindest war sie in der Grundschule mit ihr zusammen. Bereits damals fiel sie aus dem Rahmen und schwänzte öfters die Schule. Sie war schon als Kind etwas anders als alle anderen. Dass der oder die Mörder nicht gefunden wurden war ihm bekannt, da immer Mal wieder Artikel in der Presse erschienen.

Kapitel 4 Nachforschungen

Harry mochte noch nie gerne ein Puzzle zusammensetzen. Aber das hier schien ein Puzzle zu sein, bei dem das zweite Stück perfekt zum ersten passte. Kaum war er zu Hause kramte er die Telefonnummer von Heinrich hervor, die ihm die Polizei damals übermittelt hatte. So oft er es die folgenden Tage auch probierte, das Handy war nie eingeschaltet. Die Festnetznummer, die er dann mit Hilfe von Google herausfand, gab den Wohnort Heinrichs mit der Hochrainstraße an. Hier hatte sich Harry in den siebziger Jahren selbst mal für zwei Jahre eine kleine Wohnung gemietet. Er wusste also, dass es sich dabei um Mietwohnungen des ehemaligen Aluwerkes handelte, die mittlerweile veräußert worden waren. Das Viertel war als eines der zwei Glasscherbenviertel in Schwandorf bekannt. Viele Menschen hatten wegen der Schließung des Aluwerkes ihre Arbeit verloren und lebten seitdem mehr schlecht als recht von Sozialhilfe.

Nachdem weder seine unzähligen Versuche über Handy noch über das Festnetz von Erfolg gekrönt waren, fuhr er nach Feierabend zur betreffenden Adresse. Schon der Briefkasten im

Treppenhaus war übervoll mit Post und Werbung. Im dritten Stock vor der Wohnungstür von Heinrich sah es noch übler aus. Irgendwer hatte die Post vom Briefkasten nach oben getragen und vor seiner Türe abgelegt.

Ein paar Mal schellte er an der Wohnungstür gegenüber und er wollte schon aufgeben und wieder gehen, als er schlurfende Schritte vernahm. Eine ältere Frau öffnete die Türe einen Spalt breit. Gerade so weit, wie es die Schließkette zuließ. Die Nase und ein Auge einer älteren Frau kamen zum Vorschein und ihr Mund, den Harry nicht sehen konnte, rief mit bestimmtem Ton, dass er verschwinden soll. Vertreter hätten hier nichts zu suchen. Schon wollte sie die Türe wieder schließen und es kostete Harry ein wenig Überredungskunst sie davon abzuhalten. Nachdem er sich vorgestellt hatte, antwortete die Frau dann auf seine Frage, ob sie etwas über den Verbleib ihres Wohnungsnachbarn wisse.

„Ja mei, der fährt doch jedes Jahr in die Toskana zur Maier Ulrike. Die Ulrike lebt schon dreißig Jahre da und vermietet ihr Haus im Sommer immer. Da sind viele Schwandorfer bei ihr. Und der Heinrich ist da schon bestimmt fünfzehn Jahre lang im Sommer. Meistens bleibt er da drei Wochen. Aber sonst holt seine Schwester Karin immer die Post ab. Warum sie dieses Mal nicht kommt, das weiß ich nun wirklich nicht. Vielleicht haben sich beiden ja gestritten?".

Die Frage, wie Karin denn mit Familiennamen heiße, konnte sie nicht beantworten. Aber dass sie in Schwarzenfeld wohne, dass wusste sie dann doch noch. Und dass Heinrich bei einer großen Krankenkasse in Regensburg arbeitet, fiel ihr auch noch ein. Welche Krankenkasse das sei? Daran konnte sie sich beim besten Willen nicht erinnern.

Die Suche nach Karin war dann nicht einmal so schwierig. Die Telefondatenbank in Schwarzenfeld nach dem Namen Karin zu durchsuchen, brachte zwar einige Ergebnisse, doch bereits beim zweiten Anruf bei Karin Schimmelbeck wurde er fündig. Diese Karin war sehr misstrauisch und fragte mehrmals nach, warum Harry das alles wissen wolle. In welcher Beziehung er zu ihrem Bruder stehe und überhaupt, was ihn das alles angehe. Er musste lange ausholen und die ganze Geschichte von vorne erzählen. Zwar konnte er ihr Vertrauen nicht endgültig gewinnen, doch sie begann dann auch zögerlich zu antworten, statt ihn dauernd zu fragen.

Sie selbst wunderte sich bereits selbst, warum sie ihren Bruder nicht erreichen konnte und warum er sich selbst nicht bei ihr meldete. Ansonsten würden sie nämlich so alle ein oder zwei Wochen einmal telefonieren. Ganz überrascht war sie dann jedoch bei seiner Frage, wie lange ihr Bruder denn noch in Italien bleiben würde. Sie teilte ihm mit verwunderter Stimme mit, dass er erst in vier Wochen in die Toskana fahren würde.

Diese Aussagen von Heinrichs Schwester ließen Harry am nächsten Tag immer wieder grübeln, so dass er abends in Café Roma fuhr. Er konnte sich daran erinnern, dass da öfter von der Maier Ulrike in der Toskana gesprochen wurde. Es waren etliche aus seiner Stammtischrunde anwesend und wie immer wurde ein geselliges Gespräch geführt. Dabei bekam er auf die Frage nach Ulrike einige Informationen und sogar Adresse und Telefonnummer von ihr.

Abends rief er, gleich nachdem er zu Hause angekommen war, direkt bei Ulrike in der Toskana an. Ihr Mann Bert war am anderen Ende der Leitung und er konnte sich ohne irgendwo nachschlagen zu müssen daran erinnern, dass Heinrich erst in einem Monat gebucht hatte. Nein, er war auch jetzt nicht vorzeitig angekommen.

Sich am nächsten Vormittag telefonisch durch die Personalstellen der Krankenversicherungen durchzufragen, nahm einige Zeit in Anspruch.

Als er schon fast aufgeben wollte, wurde er bei der Postkrankenkasse fündig. Die freundliche Dame am Telefon bestätigte zwar, dass Heinrich bei ihnen arbeitete, doch eine weitere Auskunft dürfte sie nicht geben. Erst auf hartnäckiges Nachragen wurde Harry mit dem Leiter der Personalabteilung verbunden. Nachdem er die Sachlage in Stichpunkten geschildert hatte, war der Personalchef bereit sich zu äußern. Anfangs zögerlich! Aber dann kamen seine Bedenken zum Vorschein, die auch ihn selbst schon seit etlichen Tagen beschäftigten.

Ein Urlaubsantrag von Heinrich war nicht vor seiner Abwesenheit eingereicht worden. Erst einen Tag nach seinem Fernbleiben ging beim Arbeitgeber ein maschinengeschriebener Brief ein, in dem ein holprig formulierter Urlaubsantrag enthalten war. Demnach teilte er mit, dass er wegen eines Todesfalls und dringender familiärer Angelegenheiten nach Bulgarien müsse. Voraussichtlich würde er in zwei Wochen wieder zurück sein. Dieses ganze Verhalten entsprach nicht dem Wesen von Heinrich, der ansonsten ein äußerst korrekter Beamter war. Auch der holprige Schreibstil war sehr auffällig und nicht die Art von Heinrich, schriftlich zu formulieren. Die Geschäftsleitung hatte sich mittlerweile überlegt, gegen ihn ein Disziplinarverfahren einzuleiten, da auch trotz Nachforschungen kein Hinweis auf seinen Verbleib eingeholt werden konnte.

Harry bedankte sich für das ausführliche Gespräch. Je mehr Informationen er in dieser Angelegenheit bekam, desto verworrener wurde die ganze Sache. Sollte er Alles einfach auf sich beruhen lassen? Wenn schon Heinrich kein Gehör bei der Polizei fand, warum sollten sie dann ihm ein offenes Ohr schenken? Er hatte weder Beweise noch auch nur das geringste Verwertbare auf der Hand. Und nur Vermutungen vorzutragen würde ihn wohl eher der Lächerlichkeit preisgeben.

Das gesammelte Wissen ließ Harry nicht ruhen und so erkundigte er sich telefonisch bei Karin, ob sie vielleicht doch noch etwas von ihrem Bruder erfahren habe. Auch Karin machte sich mittlerweile große Sorgen um ihren Bruder. Noch nie war er so lange weggeblieben ohne sie vorher zur informieren. Noch mehr beschäftigte sie aber, dass sein Motorroller zwischen Eichhornwirt und Globus auf dem Pendlerparkplatz aufgefunden wurde. Dort soll es sich nach Zeugenaussagen mindestens schon zwei Wochen lang befunden haben. Die Mitglieder der Fahrgemeinschaft, mit der er öfters gemeinsam nach

Regensburg fuhr, hatten sich gewundert, warum der auffällige BMW-Roller jeden Tag am gleichen Ort hier stehe und ein Mitfahrer aus Nabburg, hatte Karin schließlich darüber informiert. Karin versprach Harry am Ende des Telefongespräches, dass sie ihn sofort informieren werde, falls sie etwas Neues von ihrem Bruder hören würde.

Kapitel 5 Spurlos verschwunden

Rein zufällig hörte Harry später bei Angela im Café Roma von einem Bankangestellten, den er schon seit Jahren gut kannte, dass Siegfried wohl kaum Geld hatte, sich ein Auto selbst zu kaufen und da er kein eigenes Einkommen aus einer geregelten Arbeit hatte, hätte er wohl keinen Kredit dafür bekommen. Der Bankangestellte sagte dann aber leider, dass er wegen des Bankgeheimnisses nicht mehr verraten dürfte, Siegfried aber vermutlich weder bei seiner Bank noch bei einer anderen ein Konto würde anlegen können. Wegen der fehlenden Sicherheiten in Bezug auf seine Finanzen, waren seine Anfragen dahingehend regelmäßig erfolglos.

Wieder war Harry hellhörig geworden und so fuhr er am nächsten Tag nach der Arbeit zu Maschek, dem Audihändler, nach Wackersdorf. Bereitwillig gab ihm ein Verkäufer Auskunft. So erfuhr Harry, dass Siegfried den Audi auch nicht als Leasing-Fahrzeug erhalten hatte, da er auch die Anzahlung nicht finanzieren konnte. Doch Die Miete für das fabrikneue Auto streckte er für drei Wochen in bar vor. Bei der Rückgabe des

Autos musste dann die gesamte Kaution einbehalten werden, da am hinteren rechten Kotflügel ein paar Kratzer und eine kleine Beule vorhanden waren. Siegfried hatte angegeben, dass es sich dabei um einen Parkschaden handelte. Zur Herausgabe der Adresse von Siegfried war der Verkäufer jedoch nicht bereit.

So sehr Harry in den nächsten Wochen auch nachfragte und nachforschte, alle Spuren verliefen ergebnislos im Sand. Und irgendwann dachte er immer weniger an die geheimnisvolle Geschichte. Auch die Zeitungsmeldung, dass Taucher im Steinberger See eine Leiche auf etwas über 20 Meter Tiefe gefunden hatten, registrierte er nur beiläufig.

Da er an der Segelschule ab und zu praktische Segel- und Motorbootausbildung gab, hatte er im Jahr zweitausend schon einmal mitbekommen, dass ein Taucher beim Eistauchen mangels Landsicherung im kalten Wasser unter der Eisdecke für einige Wochen verschollen blieb. Auch er wurde dann im Frühjahr in dieser Tiefer aufgefunden.

Da Harry selbst in dieser Zeit seiner Tauchleidenschaft frönte, musste er sich mehr als wundern, warum der Taucher damals weder eine Landleine noch eine Bodyleine hatte. An Land war keine dritte Person, die unterstützend hätte eingreifen können. Beide Taucher waren damals unter der Eisdecke vermutlich in Panik geraten. Der Taucher, der seinerzeit das Eisloch noch gefunden hatte und auftauchen konnte, gab bei den Ermittlungen an, dass sein Regulator vereist gewesen wäre und er deshalb schnellstens nach oben musste. Erst Stunden später wurden bei den Rettungsaktionen verdächtig viele Luftblasen unter der Eisoberfläche entdeckt, die in Richtung Segelschule verliefen und dann immer weniger wurden. Dass der Ertrunkene dann aber so weit von der „Rutsche", dem Einstieg der Taucher, gefunden wurde, überraschte viele. Vermutlich hatte er noch so viel Atemluft in der Flasche, dass er fast bis zur Segelschule kam. Er hatte ganz einfach die falsche Richtung eingeschlagen und die dicke Eisdecke ließ ihm nicht den Hauch einer Chance für ein Entrinnen aus seiner Falle. Es war wohl eine Mischung aus Selbstüberschätzung, Unerfahrenheit und Dummheit, die dem jungen Mann damals diesen qualvollen Tod bescherte.

Wie dem auch war. Die beiden Toten im See hatten keinerlei Bezug zueinander. Außer vielleicht der Tatsache, dass sie beide auf etwa zwanzig Meter Tiefe aufgefunden wurden. Doch das war belanglos.

Erst als ihn Karin gut eine Woche später anrief und Harry erzählte, dass es sich bei dem Toten um ihren Bruder handelte, wühlte ihn das Ganze erneut auf. Dass Heinrich mit auf den Rücken gefesselten Händen aufgefunden wurde und dass die Autopsie ergab, dass sein Kehlkopf eingerückt war und sein Schädel eine Bruchstelle am Hinterkopf aufwies, bestätigte ihn erneut in seinen früheren Vermutungen, dass er damals in ganzem Umfang mit seinen Ahnungen richtig lag.

Die Kripo Amberg ermittelte in allen Richtungen und nahm mittlerweile an, dass hier vorsätzlicher Mord vorlag. Was sollte es sonst sein, wenn es kein Mord war? Aber die Presse formuliert halt manchmal ein wenig seltsam. Als Harry eine Vorladung bekam, stellte sich heraus, dass die Polizeiinspektion Regenstauf damals doch einen Vermerk über den schwarzen BMW im Unfallbericht gemacht hatte.

Wollte die Polizei nach dem Unfall einfach gar nichts wissen, so war er nun in den Mittelpunkt der Ermittlungen geraten. Obwohl er bei den Vernehmungen bereits alles gesagt hatte was er wusste, wurde er immer wieder erneut vorgeladen. Die Hauptfrage war, warum er immer wieder auf eigene Faust nachgeforscht hatte, ohne die Polizei einzuschalten. Harrys Antworten waren immer die gleichen. Erstens wusste damals niemand, was mit Heinrich passiert war, und zweitens hatte die Polizei ja keinerlei Interesse an näheren Informationen gezeigt. Selbst damals beim Unfall wurde dem beteiligtem schwarzen Audi keine Bedeutung beigemessen. Und die Aussage von Heinrich im Krankenhaus wurde als Halluzination abgetan. In der Folge gab es zwar Hinweise, die bei der Polizei eingingen, jedoch waren keine konkreten dabei, die zu einem verwertbaren Ergebnis geführt hätten.

Die Fahndung der Sonderkommission fokussierte sich nun auf Siegfried. Doch von diesem fehlte jegliches Lebenszeichen. Er besaß auch bis jetzt weder Kreditkarten, noch ein Bankkonto. Vermögen hatte er keines und das wenige Geld, das er im Gefängnis verdienen konnte, hatte er sich in bar auszahlen lassen, so dass er keinerlei digitalen Spuren hinterließ.

Kapitel 6 Zufall und Neugier

So verging Tag um Tag, Woche um Woche und Monat für Monat. Gras begann über die Sache zu wachsen. Zeit heilt bekanntlich Wunden, aber Zufälle gehen manchmal verschlungene Wege. Und so ergab es sich, dass beim Stammtisch in Nittenau beim Jakob das Gespräch auf den Toten vom Steinberger See kam.

Harry hörte dem Gespräch nur beiläufig und eher uninteressiert zu, da er die Angelegenheit für sich als abgeschlossen betrachtete. Ein älterer Honoratior der Stadt unterhielt sich angeregt mit einem Stammgast am Tisch über den Mann mit dem Spitzbart. Während der Ältere erzählte, dass dieser Mann schon vor zwei Jahrzehnten diesen signifikanten Bart trug und in der Rotlichtszene eine eher untergeordnete Rolle spielte, sagte der Jüngere, dass er eben diesen Mann schon zwei Mal in den letzten Wochen in einem Spielkasino in Tschechien bei Furth im Wald gesehen hätte. Er war sich dessen sicher, da er außer Salvador Dali keinen zweiten Mann mit so einem Bart kannte. Und Dali war schon lange tot.

Auf einmal wusste jeder am Stammtisch etwas zu dem Gespräch beizutragen. Der Spitzbärtige wurde Anfang der Achtziger Jahre öfters in der Disko auf dem Anger beim Gips gesehen. Da der Ältere in dieser Zeit auch eifriger Diskogänger war, konnte er sich noch daran erinnern, dass es einmal eine heftige Auseinandersetzung zwischen dem Bärtigen und dem Geschäftsführer gegeben hatte. Ein zerschlagenes Weizenglas hatte damals blutende Wunden im Gesicht des Geschäftsführers hinterlassen, die wohl jedoch nicht so bedrohlich waren, dass er ins Krankenhaus eingeliefert werden musste und damit polizeiliche Ermittlungen ausgelöst hätte. Mehr wusste der Ältere aber auch nicht zu berichten. Siegfried war damals wohl kaum zwanzig Jahre alt und trotz seines jungen Alters schon bekannt wie ein bunter Hund wegen seiner außerordentlichen Brutalität, mit der er nicht gerade zimperlich umging.

Harry wurde hellhörig und hakte nach, ob der Jüngere diesen Mann wirklich schon zwei Mal gesehen hatte. Und vor allem wann er ihn gesehen hatte. Nach einigem Nachdenken gab Anton, so hieß er, dann sogar an, dass er ihn wahrscheinlich noch vor ein paar Tagen gesehen hatte. Allerdings war da der Bart abrasiert und die Haare waren brünett gefärbt. Er war sich zwar nicht hundertprozentig sicher, aber würde fast seine Hand dafür ins Feuer legen.

Harry überlegte nur kurz. Wenn er diese Informationen der Kripo übermittelte, dann wurden auch die Stammtischgäste mit in die Befragungen einbezogen, die eben noch gebeten hatten, nicht zur Polizei zu gehen, da dabei eh nichts herauskommen würde. In Tschechien könnten die sowieso nichts machen. Und wenn er mit seinen neuen Infos nicht zur Kripo gehen würde, dann würde er einen neuen Rüffel bekommen. Egal wie er sich entscheiden würde – unangenehm würde es so oder so für ihn werden.

Vor mehr als zehn Jahren war Harry ein paar Mal nach der Grenzöffnung mit einer Bekannten und einem Bekannten in einem Spielkasino hinter der Grenze bei Furth im Wald gewesen. Essen und Trinken waren kostenlos, um potentielle Spieler anzulocken. Meistens hatten sie das Eintrittsgeld durch Spiele sogar noch etwas erhöht und nachdem sie nicht ewig weiter spielten, fuhren sie oftmals mit einem kleinen Gewinn nach Hause. Und wenn sie einmal verloren hatten, dann hörte sie mit dem Glücksspiel auf, nachdem das Eintrittsgeld verspielt war.

Eigentlich wollte er nicht fahren, aber irgendetwas trieb Harry zu neuen Nachforschungen.

Das betreffende Casino, in dem Siegfried offenbar einige Male gesehen wurde, lag auf der anderen Straßenseite als sein damaliges Stamm-Casino und näher an der Grenze. Harry fühlte sich unwohl unter den ganzen Spielern und wenigen Spielerinnen, die ihr Glück an den diversen Tischen versuchten. Sein Problem war, dass er zwar wusste, nach wem er suchte, aber nicht wie er eigentlich aussah. Sein Markenzeichen, den Spitzbart, hatte dieser ja wohl abrasiert. Die brünette Haarfarbe könnte inzwischen umgefärbt sein und ganz anders aussehen.

Er besah sich also weniger die Spieler, als vielmehr die Männer im Hintergrund, die offensichtlich nur herumstanden und nach außen hin einen gelangweilten Eindruck machten. Einige davon gehörten sicherlich zu den Angestellten des Casinos und überwachten, dass hier alles mit rechten Dingen zuging. Andere waren vielleicht wirklich Gäste. Nicht eine der Personen hätte Harry irgendwie mit Siegfried in Verbindung bringen können. In einer Tür zu einem Nebenraum sah er jedoch einen Mann, den er früher schon einmal gesehen hatte. Richtig! Er war ab und zu Mal im Globus in Schwandorf beim Frühstücken gewesen. Und dieser Mann hatte auch ihn erkannt, wie an seinem überraschten Gesichtsausdruck zweifelsfrei zu erkennen war.

Die zwei Männer, die ihn kurz darauf unter den Armen anfassten und ihn mehr oder weniger freundlich nach draußen baten, steckten ihm noch die zwanzig Euro Eintrittsgeld zu. Mehr als freiwillig ging er mit den beiden mit und war froh, dass es nicht noch zu weiteren körperlichen Attacken kam. Die Ankündigung, ja eher die Drohung der beiden, dass er sich hier nicht mehr blicken lassen sollte, da er eine unerwünschte Person sei und er sich weitere Maßnahmen lieber ersparen sollte, war mehr als klar.

Während der Rückfahrt hatte er verschiedene Gedanken, die in alle Richtungen spekulierten, sich jedoch zu nichts Greifbarem formen wollten. Hatte Anton wirklich Siegfried hier angetroffen? Warum ist der Schwandorfer, den er vom Frühstücken beim Globus kannte, so schnell im Hinterzimmer verschwunden, als er ihn sah? Warum wurde er aus dem Spielkasino hinauskomplimentiert, obwohl auch viele andere Leute einfach nur herumstanden und dem Spielgeschehen zusahen? Für jede der Fragen hatte er mehrere Antworten parat, aber keine war belastbar oder plausibel.

Am nächsten Tag hatte er an seiner Arbeitsstelle schon den Telefonhörer in der Hand, um die Kripo über seine Beobachtungen zu infor-

mieren. Doch er hatte wieder einmal nur Vermutungen und so widmete er sich wieder seiner Arbeit. Sein Entschluss, die Sache ein für allemal
auf sich beruhen zu lassen, stand für ihn jetzt
fest.

Kapitel 7 Rätsel aus der Vergangenheit

Dieses Mal war es Karin, die sich bei Harry meldete. Jahre waren seit dem Mord an Heinrich vergangen. Ihre Stimme klang aufgewühlt und sie brauchte jemanden zum Reden, wie sie sagte. Da er der einzige war, der sie verstehen würde, wenn sie überhaupt jemand verstehen könnte, hatte sie seine Telefonnummer hervorgekramt. Obwohl er nichts mehr von den dubiosen Vorgängen von damals wissen wollte, redete sie einfach darauf los. Sie unterbrechen zu wollen, war ein sinnloses Unterfangen. Wenn sie einmal redete, dann redete sie. Ohne Punkt und Komma ließ sie alles heraus, was aus ihr herausmusste.

Die Kripo hatte ihr damals zwar Stillschweigen verordnet und sie hätte nichts über die mitgeteilten Infos über ihren Bruder weitergeben dürfen. Zumindest wurde sie damals darum gebeten, damit der Fahndungserfolg nicht gefährdet würde. Doch da sie mittlerweile auch einen Teil der Schuld am Tod ihres Bruders bei der Polizei sah, scherte sie der Maulkorb von der Kripo recht wenig.

Ihr Bruder wies nicht nur die Verletzungen an Kopf und Kehlkopf auf, wie überall in der Presse mitgeteilt wurde. Viele kleine Brüche waren an den Fingerknochen festgestellt worden und Haarrisse an den Rippenknochen wiesen auf massive Gewalteinwirkung vor seinem Tod hin. Ob er noch am Leben war, als er im Steinberger See versenkt wurde, konnte nicht mehr endgültig geklärt werden. Karin glaubte nicht, dass es sich um einen Racheakt wegen einer verschmähten Liebe in der Jugendzeit ging. Sie war überzeugt, dass da mehr dahintersteckte. Was genau das sein könnte, wusste auch sie nicht. So sagte sie zumindest. Doch in ihren abrupten Unterbrechungen glaubte Harry zu erkennen, dass sie teilweise mehr wusste, als sie zugab.

Aber als sie von dem Mord am Rotlichtkönig Klankermeier sprach, der sich anfangs der achtziger Jahre ereignete, wurde Harry hellhöriger. Diesen Rotlichtkönig hatte er selber ein paar Mal erlebt, wie er, flankiert von jungen aufgestylten Damen, im Tanztempel in Hofenstetten auftauchte, mit ihnen durch das Lokal flanierte und auch wieder verschwand. Irgendwann wurde Klankermeier nach etlichen Wochen Liegezeit in einem Wald nahe Weiden aufgefunden. Die halb verweste Leiche konnte recht schnell durch seine

markante Rolex identifiziert werden. Die Wald-
tiere hatten sich an seinem Körper so zu schaffen
gemacht, dass kaum noch etwas Erkennbares an
ihm beziehungsweise seinen Resten gewesen
war.

Und auch die weiteren Rotlichtgrößen in Regensburg, an der Ostmarkstraße und einigen
kleineren Städten der Umgebung erwähnte sie.
Diese wollten damals ihre Reviere abstecken und
es kam zu Schlägereien zwischen den rivalisie-
renden Banden und zwei Bränden in verschiedenen Discos. Ob es wirklich Bandenkämpfe waren, die sich damals abspielten, konnte nicht eindeutig geklärt werden. Dafür sprudelte eben die
Gerüchteküche umso mehr. Anscheinend hatte
Karin in ihrer Jugend mehr Kontakte zu dem
Rotlichtmilieu, als sie zugab. Wie sollte sie sonst
an diese Informationen gekommen sein?

Immer verworrener wurden die Schilderun-
gen von Karin und sie sprang in ihren Ausführungen gedanklich wild durcheinander, was
Personen und zeitliche Abfolgen betroffen hatte.
Damals in der Ranch auf dem Weinberg, da war
ja alles noch harmlos, was da abging. Ein paar
Joints könnten da schon über den Tisch gegangen sein. Aber das war damals ja gang und gäbe,
meinte sie. Und das waren doch eh nur private

Kleinkriminelle, die nichts mit dem großen Geschäft zu tun hatten.

Mit der Marion war das ganz anders. Damals in den siebziger Jahren wurde sie in den frühen Morgenstunden tot in ihrem Auto aufgefunden. Die S-Kurve einige hundert Meter vor der Ortseinfahrt Steinberg hatte sie nicht mehr ganz erwischt. Sie war eindeutig zu schnell in die Kurven gefahren. Eine Kiefer wurde durch ihr Auto komplett abgeknickt und das Wrack wurde dann noch fast dreißig Meter weiter im Wald auf dem Dach liegend aufgefunden. Später wurde festgestellt, dass der Alkohol im Blut ausgereicht hätte, um zwei Autofahrern das Führen eines Autos zu untersagen. Und damals waren noch 0,8 Promille erlaubt. Die Polizei machte deshalb auch keine weiteren Ermittlungen. Für sie war die Sache klar: Trunkenheit am Steuer und überhöhte Geschwindigkeit. Punkt!

In einer Disco in Nittenau hatte sie damals ausgeholfen. Hinter der Bar hatte sie Getränke ausgeschenkt. Nicht mehr und nicht weniger. Sie war jung und hübsch. Mit ihren hüftlangen blonden Haaren lockte sie natürlich auch das männliche Geschlecht auf die Barhocker an den Tresen. Das ein oder andere Getränk wurde ihr da natürlich schon ausgegeben. Sie genoss auch das

Flirten mit den Männern, ohne sich jedoch jemals für einen von ihnen zu entscheiden.

Marion war sechzehn, als sie von ihrer Großmutter das erste Mal die Erlaubnis bekam, alleine bis 22 Uhr von zu Hause weg zu bleiben. Ihren Vater hatte sie nie kennen gelernt und ihre Mutter hatte sie auch nie richtig kennenlernen können. Sie wurde einfach von ihr abgeschoben. Ihre Mutter war selbst war erst 17, als sie Marion bekam. Und ihr Kind war für sie nur Ballast. Sie wollte ausgehen und ihr Leben genießen. So kam es, dass Marion nicht einmal besonders traurig war, als der Kontakt zu ihrer Mutter abbrach.

Anfangs hielt sich Marion auch an die Grenzen, die ihr von ihrer Großmutter auferlegt wurden. Meistens war sie wieder pünktlich zu Hause. Von Mal zu Mal genoss sie es aber dann immer mehr im Mittelpunkt bei den Jungs zu stehen. Ihre schulischen Leistungen fielen drastisch ab und statt sich um Hausaufgaben zu kümmern, war sie lieber im Stadtpark oder auf dem Weinberg mit einer ihrer Liebschaften unterwegs. Und einige davon waren ganz auch eher zwielichtig. Ohne einer geregelten Arbeit nachzugehen, fuhren sie die größten Autos und gaben das meiste Geld aus.

Sie hatte sicherlich nichts mit den krummen Geschäften zu tun, die sich in ihrem Umfeld abspielten. Doch zwangsläufig kam sie damit in Berührung. So auch in der Disco, hinter deren Tresen sie manchmal bediente. Spät nach Mitternacht fanden im Hinterzimmer Billardspiele statt, die nichts mit denen zu tun hatten, die am Abend stattfanden. Durch verlorene fingierte Spiele wurde angeködert. Und als die Spieleinsätze dann auf einige Hunderter anstiegen, wurden die Ahnungslosen Opfer von Profis abgezockt. Marion hatte sich nie dafür interessiert, wusste aber, dass an einem Abend oft einige Tausender über den Tisch gingen.

Karin schluchzte bei diesen Ausführungen, obwohl das alles schon Jahrzehnte zurücklag. Marion und sie waren damals unzertrennliche beste Freundinnen, die sich auch ihre intimsten Geheimnisse teilten. Was damals genau passierte, wusste auch Karin nicht. Doch sie war überzeugt, dass da irgendetwas mit im Spiel war beim Unfall. Ob ihr etwas in ein Getränk gemischt wurde oder ob ihr Auto manipuliert wurde, dass wusste auch sie nicht.

Vorher war sie schon oft mit ihrer Freundin unterwegs. Marion hatte ihren Führerschein erst ein halbes Jahr damals. Und sie fuhr ihr Auto auch, wenn sie betrunken war. Aber sie fuhr niemals schnell. Weder nüchtern noch unter Alkoholeinfluss. Oftmals hupten Autos hinter ihnen, weil sie wegen ihrer langsamen Fahrerei eher ein Verkehrshindernis darstellte.

Die Sitten waren eben rauer damals. Als Harry damals in der vielbesuchten Disco Alm in Schwarzenfeld ein Bier bezahlen wollte und nichts von seinem Fünfziger von der Bedienung zurückbekam, konnte er froh sein, dass er nur etwas unsanft aus dem Lokal befördert wurde, als er sich darüber beschwerte. Körperliche Unversehrtheit war halt doch wichtiger, als der Verlust von Geld. Und die Polizei zu rufen, auch wenn er nur ein Bier getrunken hatte, war eher nicht ratsam.

Heinrich war damals viel zu jung, um in irgendwelche der vorgenannten Geschehnisse verwickelt zu sein. Mit seinen sechzehn Jahren wäre er zu schmächtig und unerfahren gewesen. Aber er sah zu einem gewissen R. S. bewundernd auf, der damals mit seinem Opel GT ein Vorbild für ihn war und ihn ab und zu einer Spritztour mitnahm. Seltsam an R. S. war sein langer Pelzmantel, den er auch im Sommer trug und so zu seinem unverwechselbaren Markenzeichen wurde. Dieser R. S. war sicherlich nicht als Einzelgänger unterwegs, als er in Sulzbach-Rosenberg Schutzgelderpressungen in Mafiamanier bei Geschäftsleuten durchführte. Eine ganze Zeit lang musste ihm das wohl auch gelungen sein, stellte die Kripo nach seinem Tod in den weiteren Ermittlungen fest. Irgendwann war er wohl zu weit gegangen und einige Kugeln eines erpressten Ladenbesitzers, der die laufenden Zahlungen an die kriminelle Bande nicht mehr leisten konnte oder wollte, beendeten das Leben des Idols von Heinrich.

Aber zum Umgang von R. S. könnte auch Siegfried gezählt haben. Ganz genau wusste Karin das nicht. Auch er war kaum zwei Jahre älter als Heinrich und die kriminellen Taten wären auch ihm damals noch nicht zuzutrauen gewesen. Doch die Mitglieder der Gang. mit denen er sich umgab, machten fast ausnahmslos eine unrühmliche Karriere. Horst, der auf frischer Tat bei einem Einbruch in ein kleines Haus von der Polizei gestellt wurde, entkam zwar noch mit einem gestohlenen Auto. Nach einer Verfolgungsjagd über Asang verlor er in der Nähe von Roßbach die Kontrolle über das Fluchtauto und sein Leben endete nach mehreren Überschlägen an einem Bahndamm. Der Bruder von Siegfried und ein Freund von ihm erhielten mehrere Jahre

Freiheitsstrafe nach einem misslungenen Banküberfall aufgebrummt.

Karin erzählte ihm das alles, um ihn zu warnen. Da er ihren Bruder weder kannte noch mit ihm verwandt war, empfahl sie ihm, dass er sich am besten aus allem heraushalten und auf sich beruhen lassen sollte. Ihr Bruder war nun einmal tot. Und Tote sollte man ruhen lassen. Zu helfen war weder ihm noch sonst jemand.

Wie ironisch das klang. Harry sollte sich heraushalten. Und wie er sich heraushalten wollte. Jahrelang hatte sich in dieser Sache nichts getan. Und nun rief sie ihn an, kochte die ganze Sache wieder auf, nur um ihn dann zu sagen, dass er sich aus allem heraushalten sollte. Er wurde nicht schlau aus dem Telefongespräch. Wollte sie eigentlich etwas anderes loswerden, was ihre Seele belastete? Hatte sie nur nicht den Mut, das zu sagen, was sie eigentlich sagen wollte?

Obwohl er eigentlich noch weggehen wollte, genehmigte sich Harry genießerisch einen Cognac. Etwas hastig vielleicht, da er das leere Glas schon bald nachfüllen musste. Karin hatte recht. Das Alles ging ihn nicht das Geringste an. Er wollte alles auf sich beruhen lassen und wieder seine eigenen Wege gehen.

Dennoch traf er Karin auf deren Wunsch einige Tage später in einem Café in Schwarzenfeld. So oft hatte er in den letzten Jahren mit ihr telefoniert und nicht gewusst, wer hinter der Stimme steckte. Das Gesicht hinter der Stimme kennenzulernen sollte für ihr nun der endgültige Abschluss dieses Geschehens sein. Ganz unverbindlich mit ihr reden. Mehr wollte er nicht.

Als sie zu ihm auf seinem Tisch zusteuerte, hätte er hinter der klaren Stimme vom Telefon eine jüngere Frau erwartet. Doch Karin dürfte deutlich über fünfzig gewesen sein. Vielleicht mochte auch ihr ungepflegtes Äußeres dazu beitragen, dass sie ihm älter erschien, als sie tatsächlich war. Sie hatte gut zehn bis fünfzehn Kilo zu viel auf den Rippen und ihre zu große Kleidung hätte locker für noch zehn Kilo mehr ausgereicht.

Wenn er ihr Gesicht aus der Nähe genau betrachtete, dann war sie vor zwanzig oder dreißig Jahren wahrscheinlich sogar einmal recht hübsch. Doch unter den Pausbacken waren nur noch die kleinen Lachgrübchen übriggeblieben. Ihre Augenbrauen waren sicher schon seit Jahren nicht mehr ausgezupft oder zurückgeschnitten worden. Die Augen hätten ein wenig Schminke vertragen können und ein paar lange Haare am Kinn hätten durchaus einer Rasur bedurft.

Eine Schönheit wäre sie nicht geworden dadurch, aber sich so gehen zu lassen, was ihr Äußeres betraf, war auch nicht der richtige Weg.

Aus seinen Gedanken gerissen stand Harry auf und ging ein paar Schritte auf sie zu.

Als sie sich händedrückend begrüßten, war ein Lächeln auf ihrem Gesicht und auch im folgenden Gespräch gab sie sich viel lockerer, als vor ein paar Tagen am Telefon.

Als Harry kurz das Gespräch auf das Telefonat lenkte, welches sie vor ein paar Tagen führten, versteinerte sich ihr Gesicht schlagartig. Bevor er noch etwas sagen konnte, kam sie ihm zuvor: „Entschuldige bitte, aber ich war betrunken, als ich dir das alles sagte. Die Vergangenheit kam in mir hoch und ich hatte fast eine halbe Flasche Eierlikör ausgetrunken. Aber ich will nicht mehr darüber sprechen. Und ich hätte auch nicht darüber sprechen sollen mit dir. Damals ist viel Schlimmes geschehen. Und was passiert ist, das muss für immer ruhen!"

Sie sprach Harry aus tiefster Seele. Ja, er wollte nichts mehr damit zu tun haben und es sollte ruhen, was immer es auch war!

Irgendwie kam dann wieder ein lockereres Gespräch auf. Sie erzählte einiges aus ihrem Leben. Die Alkoholsucht ihres Mannes, die dann unweigerlich zur Scheidung führte, ihre temporäre Arbeitslosigkeit, der finanzielle Kampf um ihr kleines Häuschen und vieles mehr. Kein einziges Wort fiel mehr über die Räuberpistolen, die sie vor einigen Tagen noch angedeutet hatte. Manchmal lachte sie dabei herzhaft, wenn sie über ein Missgeschick von sich selbst berichtete.

Was musste diese Frau alles in ihrem Leben erfahren haben, um in ihren Gefühlen so schnell von einem Tief in ein Hoch zu schwanken und umgekehrt? Diese Frage stellte er sich rein hypothetisch, denn es interessierte ihn im Grunde genommen auch gar nicht.

Harry selbst gab nicht zu viel über sein Leben preis. Er wollte keine Nähe aufkommen lassen. Dass das hier sein erstes und einziges Treffen mit ihr sein würde, das nahm er sich fest vor. Er bezahlte den Kaffee und das Cola für sie mit und wünschte ihr alles Gute für ihr weiteres Leben.

Nachdenklich sah er ihr nach, als sie etwas hinkend mit ihren unmodernen Schuhen wegging.

Kapitel 8 Immer wieder der Spitzbär-tige

Harry wollte die ganze Geschichte rund um den mysteriösen Tod von Heinrich und die Umstände, mit denen er immer wieder in Berührung kam, endgültig vergessen. Einfach wieder mit voller Lust am Leben teilnehmen. Seit seine Frau vor fünfzehn Jahren an Krebs verstorben war, hatte er sich viel in der Welt herumgetrieben. Vor ihrem Tod hatten sie gemeinsam fast die ganze Welt bereist und trotzdem gab es auch noch viele Jahre danach noch viele weiße Flecken auf der Landkarte, die es zu erkunden gab. Und wenn es nicht in die große weite Welt ging, dann war er eben auf lokalen Events unterwegs. So oft es ihm möglich war, besuchte er Open-Air-Veranstaltungen, Kirchweihen, Bürgerfeste oder Konzerte in der Umgebung. Einfach alles was sich gerade anbot.

Und das tat er dann auch im Herbst. Die Fronberger Kirwa vertrieb ihm die trübe Laune und im Keller trank er am Nachmittag wohl auch ein Bier über den Durst. Der Taxifahrer würde ihn zu Hause abliefern und so sollten die Biere über der zulässigen Grenze und über dem Durst auch kein Problem sein, was die Polizei interessieren dürfte. Die Welt verlor ihre Ecken und wurde wieder rund. Die Kirwaburschen und Kirwamädel tanzten auf den Tischen und die Stimmung wurde durch die Musiker immer mehr aufgeheizt. Den Bernhard und den Herbert kannte er schon länger von früheren Segeltörns und beide waren Virtuosen auf Euphonium und Trompete, so wie auch die anderen Musiker an ihre Instrumente perfekt beherrschten. Sein baldiges Nachhausegehen wurde allein dadurch verhindert, dass er immer wieder Leute traf, die er kannte. Der eine gab ihm ein Bier aus und dem anderen zahlte er ein Bier. So war das eben auf einer Kirchweih. Da musste man durch, ob man wollte oder nicht.

Das Kopfweh am nächsten Tag bekämpfte er mit einer langen kalten Dusche. Vorsorglich hatte er für diesen Tag Urlaub eingereicht. Doch weder Duschen noch die Diclac verschaffte ihm merkliche Erleichterung.

Der Kirchweihmontag mit dem Tanz um den Kirchweihbaum, wurde noch einmal bei einer Brotzeit und einigen Bieren gefeiert. Frauen durften nicht an der Montagsveranstaltung teilnehmen. In den Saal wurden keine Frauen eingelassen. Bedienungen machten da eine Ausnahme. Wer sollte denn sonst das reichlich fließende Bier an die Tische heranschaffen?

Die Frauen, die für die Aufführung benötigt wurden, wurden von verkleideten Kirchweihburschen ersetzt, die mit schwarzen Schnauzbärten und blonden Perücken in den Dirndln mit ihren maskulinen Tanzstilen die Stimmung unter den Zuschauern anheizte.

Wie so oft schon in den Jahren vorher, war auch der Bayerische Rundfunk mit einem Fernsehteam bei dieser in Bayern, in Deutschland und auf der ganzen Welt wohl einzigartigen Kirchweih. Wo sonst würde ein Fest auf dem Höhepunkt beendet? So genau wusste es wohl keiner. Es war halt Brauch! Und Traditionen mussten gepflegt werden! Wenn irgendwo Tradition gepflegt wurde, dann in Fronberg!

Kurz bevor die Veranstaltung um 13 Uhr wie immer abrupt endete, entdeckte Harry Anton am anderen Ende des Saales. Anton war der Mann, der ihm damals erzählt hatte, dass er Siegfried im Spielcasino gesehen hatte. Die beiden hatten sich lange nicht mehr getroffen. Harry erzählte, dass er damals vor Jahren im Spielkasino Hausverbot erhalten hatte und dass er mit der ganzen

Geschichte nichts mehr zu tun haben wollte. Anton verstand das, machte Harry aber dennoch ein Angebot. Da er öfter mal in dem Casino war und sein Glück beim Roulette versuchte, könne er ja Mal heimlich ein Foto mit seiner Digitalkamera machen, falls er Siegfried wieder einmal sehen sollte. In der Vergangenheit war ihm dieser nämlich ab und zu über den Weg gelaufen, oder besser gesagt ins Blickfeld geraten. Denn in der letzten Zeit trug er wieder seinen markanten Spitzbart und er hatte auf das Färben seiner Haare verzichtet. Trotzdem gab ihm Harry noch die Warnung mit auf den Weg, dass er ja vorsichtig sein sollte, da es sich bei den Vorgängen hier um etwas dubiose Machenschaften handeln könnte. Was ihm Karin alles erzählt hatte, gab er jedoch nicht detailliert an Anton weiter.

Kapitel 9 Bedrohungen

Die nächsten Monate verliefen ereignislos, was den damaligen Unfall und die sich daraus ergebenden Verwirrungen betraf. Harry hatte viele Urlaube genossen. Segeln in der Karibik, im Mittelmeer und im Indischen Ozean boten ihm alles, was er sich zum Ausgleich von seinem zeitraubenden Beruf wünschen konnte. Die Rucksacktouren führten ihn zu exotischen Reisezielen, die kein Reiseveranstalter im Angebot hatte. Der beschwerliche Aufstieg auf den Pico Duarte in der Dominikanischen Republik oder auf den Kilimandscharo in Tansania, ein Cocktail auf der Isla de mujeres in Mexiko oder ein Cocktail auf der Veranda von Freddie Mercurys Lieblingsbar auf Sansibar, Segeln auf einem Katamaran in der Karibik oder im Indischen Ozean entlang der ostafrikanischen Riffzone, Tauchen in den Similan Islands, im Blue Hole vor Belize oder im Blue Hole bei Dahab auf dem Sinai und viele Dutzend Traumurlaube hatte er genossen. Und er hatte vor, noch viele solcher Urlaube zu machen.

Das Leben hätte so schön sein können. Hätte! Wenn er da nicht wieder Anton getroffen hätte. Seit langem war Harry einmal wieder beim Gong in Muckenbach. Am runden Stammtisch vor dem Lokal trafen sich meist die gleichen Leute und da Harry die meisten von ihnen kannte, setzte er sich zu ihnen. Weil der Tisch voll besetzt war, mussten alle noch ein wenig zusammenrücken, damit sein Stuhl noch in die Runde passte. Der große runde handgeschreinerte Tisch mit dem Dach aus Kupferblech bot Schutz vor Sonne und Regen und war fast immer komplett mit Gästen besetzt. In der Runde saß zwei Stühle weiter auch Anton, der ihn nach einiger Zeit bat, kurz mit ihm auf die Terrasse zu gehen. Eigentlich wollte Harry nicht mitgehen, da er ahnte, was auf ihn zukommen könnte. Aber nach wiederholter und eindeutiger Aufforderung ging er dann doch mit.

Warum Anton so geheimnisvoll wegen dieses Gesprächs tat, erfuhr Harry nach und nach von Anton, der sich immer wieder umsah, ob sie nicht doch gehört oder belauscht werden konnten. Er holte weit aus mit seiner Erzählung. Wieder drehte sich die Angelegenheit um den Spitzbärtigen von damals. Anton hatte diesen tatsächlich in dem betreffenden Spielkasino monatelang nicht mehr gesehen. Aber er bemerkte einen beleibteren Mann, der ihn immer wieder von den Geschäftsräumen aus beobachtete. Erst dachte sich Anton nichts Besonderes dabei. Als aber neben dem dickeren Mann auch noch zwei andere Männer auftauchten, die ihn ins Visier nahmen, wurde ihm etwas unwohl. Die eingesteckte Digitalkamera ließ er so gut eingepackt in seiner Jackentasche, dass er gar nicht in Verdacht geraten konnte, etwas zu spionieren. Zwar passierte in dem Spielcasino nichts Außergewöhnliches mehr, doch da Anton immer unter Beobachtung stand, ging er künftig in ein anderes Spielcasino, die kurz nach der Grenze von Furth im Wald ja in ausreichender Anzahl zur Verfügung standen.

Einmal im Monat fuhr Anton mit seiner thailändischen Ehefrau zum Großeinkauf zum Globus. Mittags aßen sie gewohnheitsmäßig im Restaurant des Einkaufstempels. Alles wäre gewesen wie immer, wenn da nicht ein paar Tische weiter der Geheimnisvolle aus dem Spielkasino gesessen hätte und eine Scheibe Leberkäse auf seinem Teller verspeiste. Das alles wäre auch noch nicht ungewöhnlich gewesen, wenn da nicht zwei finster dreinblickende Männer ein paar Meter hinter ihm gestanden hätten. Für Anton gab es keinen Zweifel, dass es sich bei dem Dicken und den beiden Männern um die drei Personen aus dem Spielcasino handelte. Die drei blickten immer wieder zu Anton und die beiden stehenden Männer tuschelten offenbar miteinander über ihn. Und obwohl Anton sich nicht das Geringste vorzuwerfen hatte, wurde ihm immer unwohler, je länger er sich den Blicken der beiden Männer ausgesetzt fühlte. Ohne dass er seiner Frau von den Männern erzählte, war er froh, als sie endlich gingen.

Anton war bekannt als wandelnde Nachrichtenagentur. Noch bevor etwas in den Zeitungen zu lesen war, wusste er schon darüber zu berichten. Und war schon etwas in der Presse erschienen, dann wusste er zumindest noch Details und Hintergrundinformationen dazu. Nicht nur, dass Anton an den Stammtischen der Umgebung regelmäßiger Gast war, er kannte auch viele Personen, die sich ähnlich mit dem Regionalgeschehen befassten und von den meisten Personen mehr wussten, als diese oftmals von sich selbst.

So hatte Anton dann auch über Zusammenhänge erfahren, die in den Jahren 2017 und 2018 in der Öffentlichkeit für Aufsehen sorgten. Eine Autoschieberbande hatte Luxusautos in Deutschland angemietet und diese dann über diverse Wege nach Nordafrika verschifft. Den Hintermännern konnte nichts nachgewiesen werden und auch die Letzten in der Reihe der Angeklagten kamen mit Bewährungsstrafen davon, da die ihnen zur Last gelegten Beweise nicht so belastbar waren, dass Freiheitsstrafen ausgesprochen werden konnten. Alles lief auf den ehemals Spitzbärtigen hinaus, der jedoch zu Beginn der Ermittlungen spurlos von der Bildfläche verschwunden war. Offensichtlich hatte dieser Mann seit seiner Entlassung aus dem Gefängnis, immer noch weder ein Konto, Versicherungen, eine Wohnung oder was auch immer auf seinen Namen angemeldet. Entweder er lebte unter falschem Namen oder er bestritt den Lebensunterhalt für sich im Ausland ausschließlich mit Bargeld.

Der Zweck von Antons Mitteilung war, dass Harry sich aus der Geschichte heraushalten sollte. Ihm selber war die Sache so heiß geworden, dass er in Zukunft nicht im Geringsten mit diesen Machenschaften konfrontiert werden wollte.

Schon wieder sollte er sich heraushalten. Nichts lag Harry ferner, als mit diesem seit Jahren zurückliegenden Fall noch einmal in Verbindung gebracht zur werden.

Wieder ging er seiner Arbeit und seinen Urlaubsvergnügungen nach und er genoss sein Leben in vollen Zügen. Er dachte nicht mehr an die nun schon länger zurück liegenden Vorfälle, als ihm in einem Nittenauer Baumarkt ein LKW schräg von hinten in die Beifahrerseite fuhr. Beide Türen waren stark beschädigt und als der LKW-Fahrer auf der Fahrerseite ausstieg, schlug er die Fahrertür mit Absicht mehrmals so heftig an das hintere Seitenfenster, dass tiefe Kratzer im Glas entstanden. Obwohl dieser Unfall auf Grund der Stellung der Fahrzeuge zueinander eindeutig vom LKW-Fahrer verursacht worden war, nahm die Polizei nur die Personalien der beiden Beteiligten auf. Mit dem Hinweis, dass es sich beim Baumarkt um Privatgelände handelt und sie nicht zuständig seien, verabschiedeten sie sich.

Der Fahrer des LKW hatte zwar einen deutschen Personalausweis und wohnte auch in Deutschland. Doch der Firmeninhaber, auf den der LKW zuglassen war, war polnischer Nationalität.

Irgendwie verärgert schloss Harry auch mit diesem Vorgang ab, obwohl er auf einer beträchtlichen Schadenssummen sitzen blieb. Wäre die Polizei auch bei einem Mord auf einem Privatgelände nicht zuständig? Hätte er dem LKW-Fahrer vielleicht vor Augen und Ohren beleidigen sollen, damit sie ihrer Aufgabe nachkommen und bei diesem vorsätzlichen Unfall hätten ermitteln müssen?

Sein Ärger war schon wieder verraucht, als er in seinem Briefkasten einen auf Computer geschriebenen gefalteten Zettel vorfand:

„Halte dich da raus! Denk an dein Auto!"

Sein erster Gedanke war, dass er Polizei oder Kripo informieren müsste. Doch was sollte das für einen Erfolg haben? Vernehmungen und Protokolle die Stunden seiner Zeit in Anspruch nehmen und am Ende wieder die Einstellung eines Verfahrens zum Ergebnis haben würden. Sofern denn überhaupt etwas eingeleitet werden würde. Dieser Zettel konnte von vielen Leuten stammen. Vielleicht der Verrückte, der aus irgendeinem Grund sein Auto demoliert hatte. Vielleicht einer der beruflichen Geschäftspartner, der mit dem Ausgang von Vertragsvereinbarungen nicht einverstanden war? Da in drei Tagen zudem sein vierwöchiger Urlaub in Ägypten anstand, entschied er sich wieder einmal mehr dafür, die Sache endgültig auf sich beruhen zu lassen.

Sowohl Anton fühlte sich von den drei Männern im Globus bedroht, als auch Harry, der den Unfall an seinem Auto und den Zettel in seinem Briefkasten immer wieder in seinen Gedanken hatte und versuchte, Zusammenhänge zu einem Gesamtbild herzustellen.

Viele Wochen später im Bistro Sansibar in Nittenau saß Harry beim Frühstücken, als Anton die Bar betrat und schnurstracks auf Harry zusteuerte, als er diesen erblickte. Ehe Anton auch nur ein Wort sagen konnte, sagte Harry zu ihm: „Halte bloß deinen Mund und sag kein Wort darüber!". Die beiden unterhielten sich dann über Fliesenverlegung, Fußball und alle möglichen Themen, nicht jedoch über das Geheimnisumwitterte.

Wieder ein paar Wochen später beim Kesselfleischessen in Neuhaus wiederholte sich Szene wortgetreu, als sie sich wiedersahen: „Halte bloß deinen Mund und sag kein Wort darüber!", sagte dieses Mal Anton zu Harry. Dieses Mal war es scherzhaft gemeint. Doch die beiden hüteten sich, die Vergangenheit in dieser Angelegenheit noch einmal aufleben zu lassen.

Obwohl die ganze Sache sich jetzt schon über Jahre hinzog, schwebte die Ungewissheit über die geheimnisvollen Hintergründe der ganzen Vorgänge wie ein Damoklesschwert über ihnen.

Kapitel 10 Vermiester Urlaub

Vier Wochen in Ägypten wären für die meisten Europäer zu viel. Für Harry, der sich viele Jahre mit Ägyptologie beschäftigt hatte, waren vier Wochen wie immer zu wenig. Dutzende von Sachbüchern hatte er in wenigen Jahren verschlungen und besuchte die meisten der zugänglichen historischen Stätten, sofern das auf Grund der Sicherheitslage gerade immer möglich war.

Er mietete sich auf den Westbanks in dem kleinen Hotel Osiris mit einem traumhaften Innenhof ein. Ulrike und Helmut hatten ihm dieses Kleinod an arabischer Gastlichkeit empfohlen und immer wieder kehrte er gerne hierher gerne zurück. Ein tropisches Paradies eröffnete sich dem Besucher des kleinen Hotels, nachdem er die staubigen Straßen verlassen hatte und durch die etwas unscheinbare Eingangstür gegangen war.

Exotische Pflanzen umringten den zentralen Springbrunnen in der Mitte des Atriums. Blühende Bananenstauden, Ananaspflanzen und jede Menge anderer bekannter und unbekannter Gewächse boten mit dem Plätschern der Wassertropfen eine Oase der Entspannung. Einige Vogelarten hatten in diesem kleinen Paradies ihr Zuhause gefunden und zwitscherten in den Blättern der Pflanze ihre Lieder oder sie piepten, trillerten und zwitscherten ihre Lebenslust aus sich heraus.

Keiner der Touristen ging jemals in diese Viertel, die von außen alles andere als vertrauenserweckend waren, in den Innenhöfen manchmal jedoch ein reines Paradies offenbarten.

Wie immer, wenn er in Assuan war, besuchte er seinen Freund Captain Cero, der mit seiner Dhau Relax Touristen auf dem Nil herumschipperte. Schon vor Jahren hatte sich die beiden kennen und später als Freunde schätzen gelernt. Noch nie hatte Cero einem Fremden das Ruder seiner Dhau überlassen. Bei Harrys ersten Versuchen, die etwa fünf Meter lange Pinne mit dem über zwei Meter langen riesigen Ruderblatt zu bändigen, lachte Cero Tränen. Nachdem Harry aber die Technik erlernt hatte, mit den Tauen das Ruder exakt in Position zu halten, machten sie gemeinsame Fahrten zu Elephantine, Kitcheners Garden, dem Monument von Aga Khan, dem Restaurant auf Isis und zu den Gräbern auf der anderen Seite des Nils. Geld wollte Cero nicht von seinem Freund, der ihn jedoch in dieser Hinsicht nicht zu kurz kommen ließ. Schließlich hatte Cero durch die gemeinsamen Dhau Fahrten auch Verdienstausfälle. Die beiden machten sich einen Spaß daraus, die Stromschnellen des ersten Katarakts hochzufahren. Zumindest die Versuche waren schon ein Erlebnis allein für sich. Wenn es auch Harry an der Pinne niemals gelang bis ganz nach oben zu kommen, so war er jedoch bei jedem Schlag begeistert, mit dem sie nicht wieder von der Strömung flussabwärts gerissen wurden. Hart am Wind segelnd musste jeder Schlag perfekt sein, um gegen die Strömung und die Stromschnellen anzukommen. Cero lachte zwar immer lauthals, wenn Harry wieder einmal eine Wende misslang, ermunterte ihn dann aber immer wieder, dass er es eines Tages schaffen würde, wenn Allah das wolle!

Mit Ahmed, einem Taxifahrer, den er seit Jahren kannte und lieben gelernt hatte, fuhr Harry an archäologische Orte, die den Pauschaltouristen verschlossen blieben. Vieles hatte er aus den dutzenden der einschlägigen Bücher in Erfahrung gebracht. Einiges hatte ihm auch der einheimische Archäologe Ramses, mit dem er bis heute innige Freundschaft pflegt, beigebracht. So besuchte er auch Tempelanlagen und Ausgrabungsstätten, die für die Allgemeinheit geschlossen waren. Ein wenig Schmiergeld war schon erforderlich, um vor dem Arbeitsbeginn der Archäologen den Sachmettempel zu betreten. 600 überdimensionale schwarze Katzenfiguren der Göttin Bastet standen einmal in der Blütezeit der Pharaonenkultur hier. Zumindest wollte er den traurigen Rest noch bestaunen, der nicht von Europäern in Beschlag genommen und nach Europa verschifft worden war.

Im Tal der Könige löste er jedes Mal während seinen Anwesenheiten in Ägypten ein oder zwei Mal ein Tagesticket, das zum Besuch von jeweils drei Königsgräbern berechtigte. Was hätte er darum gegeben, einmal das KV 17 von Pharao Sethos I. betreten zu können, dem farbenprächtigsten Grabmal im ganzen Tal. Die Ausstattung dieses Grabes gilt als Kleinod des ägyptischen Totenkultes und wird wohl auch in Zukunft nicht von Allgemeinsterblichen betreten werden dürfen.

Er war gerade unterwegs mit einem lokalen Kleinbus nach Dendera und Abydos, als sein Handy schellte. Er hob zu spät ab und die Mailbox konnte keinen Empfang mehr herstellen, da sie sich wohl außer Reichweite der Mobilzellen befanden.

Erst zwei Tage später hörte er die Sprachnachricht ab und war überrascht, dass ihn die Kripo

Amberg zu einem baldmöglichen Termin bat. Da er jedoch seinen Urlaub in Ruhe genießen wollte, meldete er sich nicht zurück und verbrachte noch eine traumhafte Woche im warmen Ägypten, ehe er sich wieder in die europäische Kälte aufmachen musste.

Zu Hause blinkte das Licht an der Mailbox. Doch er packte erst einmal in Ruhe aus und ging dann zu ins Café Roma zu Angela. Es waren kaum Bekannte anwesend und er ließ sich Lasagne und ein leichtes Weizenbier schmecken. Dabei kam auch beiläufig das Gespräch auf den Mord in Schwarzenfeld von einigen Wochen. Er wollte nichts mehr von Morden oder sonst negativen Nachrichten hören und ließ das Gespräch einfach so an ihm vorbeiziehen ohne weitere Notiz davon zu nehmen.

Auf keinen Fall wollte er sich die traumhaften Erfahrungen seines Urlaubs durch was auch immer im Nachhinein vermiesen lassen.

Kapitel 11 Das Verhör

Harry dachte sich nicht viel dabei, als er am nächsten Morgen bei der Kripo Amberg anrief und nachfragte, um was es denn bei dem Termin ging. Die Dame am Telefon war freundlich und sagte, dass sie ihn mit dem richtigen Bearbeiter verbinden müsste. Nach einigen weiteren Verbindungen zu anderen Bearbeitern nach dem Buchbinder-Wanninger-Prinzip zuckte er förmlich in seinem Sessel zusammen. Die Stimme, die ihm aus dem Telefonhörer entgegenschlug, war alles andere als freundlich.

Seit fast zwei Wochen versuchte ihn die Kripo nun zu erreichen. Anrufbeantworter- und Mailboxanfragen blieben unbeantwortet. Auch die Polizeistreifen, die an seiner Wohnung zu seiner Aufenthaltsermittlung vorbeigeschickt wurden, blieben erfolglos. Wie er denn dazu komme, sich den Ermittlungen zu entziehen. Noch dazu, weil er zum Kreis der Hauptverdächtigen zähle.

Das saß! Harry blieb die Spucke weg. Erst einmal wusste er gar nicht, um was es überhaupt ging. Zum Zweiten kam er kaum zu Wort, als er zu erklären versuchte, dass er bis gestern im Urlaub war und seine Post zwar aus dem Postkasten geholt, sie aber noch nicht geöffnet hatte. Ihm schwante nichts Gutes, als er zum Termin um 17 Uhr am gleichen Tag bei der Kripo erschien, zu dem er einbestellt wurde.

Zumindest hatte er zu Hause noch Badesachen eingepackt, da er nach dem Termin noch ins Kurfürstenbad wollte, um sich im warmen Wasser die Ankunft im nasskalten Deutschland etwas zu verschönern. Dass es dazu nicht kommen würde, konnte er freilich noch nicht ahnen, als er das Dienstgebäude betrat.

Eine Sekretärin oder Vorzimmerdame oder was auch immer für eine Funktion sie hier hatte, war sehr freundlich. Irgendwie sah sie nicht aus wie jemand von der Polizei, sondern wie eine Frau im Vorzimmer eines Direktors einer Firma. Sie mochte wohl schon an die Sechzig zugehen und hatte eine sehr vornehme Ausstrahlung. Glatte blonde schulterlange Haare und ein dezent geschminktes Gesicht, kleine Ohrringe und ein Halstuch, kunstvoll um den Hals geschlungen, war das erste, was ihm an ihr auffiel. Die schwarze Jacke und der schwarze Rock waren aus dem gleichen Stoff. Der elegante weiße Pulli unter der Jacke wurde oben von dem Halstuch verdeckt. Sie schlug die Beine übereinander, als sie sich in ihrem Drehstuhl zu Harry drehte und ihm sagte, dass er schon erwartet werde, es aber noch ein wenig dauern würde.

Als sie ihn nach seinen Personalien fragte, musste sie diese Frage wiederholen, denn er war abgelenkt. Abgelenkt durch ihre schwarzen durchsichtigen Nylonstrümpfe mit den etwas zu strammen Waden, wie er fand. Die schwarzen Schuhe passten perfekt zu ihrem persönlichen Style. Sie spürte und sah seine prüfenden Blicke, machte aber unverdrossen mit ihrer Erstbefragung weiter.

Sie trug keinen Ring. Weder an der Hand, die sie auf dem Schreibtisch hatte, noch an der auf der Lehne ihres Drehstuhls. Vielleicht hatte sie ihren Ehering verloren? Vielleicht war sie nie verheiratet? Vielleicht geschieden? Wäre sie zehn oder fünfzehn Jahre jünger gewesen, hätte sie durchaus in sein Beuteschema gepasst. Es wäre ganz angenehm gewesen hier, wenn sie seine Gedanken nicht immer wieder durch ihre Fragen unterbrochen hätte.

Sie führte ihn schließlich in ein kleines Büro, in dem außer einem Tisch und ein paar Stühlen nur ein kleiner Schrank stand. So oder so ähnlich stellte er sich ein Verhörzimmer immer vor. Die Dame bot ihm auch noch etwas zu trinken an und er entschied sich für einen Kaffee, der ihm auch kurz darauf in einem Pappbecher serviert wurde.

Erst nachdem der Kaffee schon fast ausgetrunken und mittlerweile auch nur noch lauwarm war, kamen zwei Männer ins Zimmer. Eine freundliche Begrüßung sieht anders aus dachte sich Harry insgeheim und machte ein etwas erzwungenes Lächeln zum guten Spiel, als sich beiden mit dahingemurmelten und eher launischen Begrüßungen zu ihm an den Tisch setzten. Der eine saß ganz normal an dem Tisch, der andere saß verkehrt mit der Lehne zum Tisch auf seinem Stuhl mit auf dem Tisch aufgestützten Ellbogen.

Ohne im zu sagen, um was es eigentlich ging, begannen die beiden nicht nur mit Vorwürfen, sondern mit so haltlosen Unterstellungen, dass sich Harry eher in einem schlechten Film wähnte, als bei einer Behörde, von der er Souveränität erwartet hätte.

Der eine der Männer hatte etwas längere Haare und trug eine zu große Leinenjacke im Schimanski-Verschnitt. Dass er während der Befragung mit seinem Autoschlüssel unablässig auf den Tisch klopfte, fand er wohl cool. Überhaupt war sein Auftreten ziemlich arrogant. Er war zwar nicht beleidigend, aber als unverschämt konnte man ihn manchmal schon bezeichnen.

Der andere, der verkehrt herum auf dem Stuhl saß, machte eher einen gelangweilten Eindruck. Meistens hörte er nur zu und machte sich Notizen, obwohl sicherlich irgendwo auch eine Tonaufzeichnung mitlief. Manchmal stellte dieser zweite Mann eine Zwischenfrage, die er sachlich und mit ruhiger Stimme vorbrachte. Er war mit seiner weißen Krawatte auch ein wenig vornehmer gekleidet, als sein Kollege. Wenn auch das scharlachrote unifarbene Hemd sehr ins Auge stach.

Wahrscheinlich gehörte das auch zum Spiel der beiden. Der gute und der böse Polizist, wie es manchmal in Filmen gezeigt wurde?

Was Harry da an den Kopf geworfen wurde, tat er zunächst mit einem Lächeln ab, da er sich sicher war, dass er jeden dieser Punkte entkräften konnte. Immer noch dachte er, dass sich die Situation bald auflösen würde. Mit der Zeit wurde er jedoch blass im Gesicht. Das Netz, das die beiden gesponnen hatten, zog sich immer enger um ihn, so dass er schon selbst daran glaubte, dass beiden ihm ganz schöne Scherereien machen könnten, obwohl er sich selbst nicht das Geringste vorzuwerfen hatte.

Erst nach einer Stunde erfuhr er, dass er zum engeren Kreis der Verdächtigen zählte, die mit dem Mord in Schwarzenfeld ins Visier der Ermittlungen geraten waren. Erleichtert teilte er den beiden Beamten mit, dass er die letzten Wochen in Ägypten war und das jederzeit durch die Flugtickets nachweisen könnte. Doch genau das wurde ihm jetzt zum Verhängnis. Die Tote musste wohl zwei Wochen im Haus gelegen haben, ehe sie von ihrem Neffen entdeckt wurde. Der Todeszeitpunkt stimmte nach Angaben des Gerichtsmediziners genau mit dem Zeitpunkt überein, an dem er gerade in seinen Urlaub abgeflogen war. Das rieche doch gerade nach einer Flucht, meinten die beiden einhellig und bestätigten sich auch noch gegenseitig dabei.

Die Frage, ob er damit einverstanden sei, dass ihm Fingerabdrücke genommen werden, bejahte er selbstverständlich. Wohlwissend, dass ihm ein Nein auf diese Frage auch nichts genutzt hätte.

Wenn Harry jetzt glaubte, dass er gleich aufwachen würde und der Traum sein Ende hatte, ging es jetzt erst richtig los. Wie er denn wissen konnte, dass die Tote stranguliert am Treppen-geländer hing, obwohl das von der Polizei streng geheim gehalten wurde. Harry wusste nichts von dem und hatte auch nichts dergleichen ge-sagt. Wenn die beiden behauptet hätten, dass sie erschossen oder erstochen worden sei, dann hätte er genau so wenig darüber gewusst. Doch die beiden behaupteten die Theorie vom Auf-hängen so stur weiter, dass er fast selbst geglaubt hätte, dass er das selbst geäußert hätte.

Fragen von seiner Seite aus, um wen es sich bei der Toten handelte oder um was es über-haupt ginge, ließen die beiden Vernehmungsbe-amten unbeantwortet. Wenn in diesem Raum je-mand Fragen stellen würde, dann sie. Wie man Vertrauen aufbaut zeigten die beiden nicht. Wie man Misstrauen aufbaut und schürt, dafür aber umso mehr.

Die beiden verunsicherten ihn immer weiter und setzten ihn unter Druck, dass er endlich ge-stehen sollte. Die Beweise seien so erdrückend, dass er sowieso keine Chance hätte. Weiteres Lü-gen würde ihm später bei der Gerichtsverhand-lung nur strafverschärfend ausgelegt.

Den Besuch im Kurfürstenbad konnte er so-wieso vergessen, da es sicher noch später werden würde diesen Abend. Als die beiden aber Untersuchungshaft und einen Haftbefehl durch einen Untersuchungsrichter in ihr Psychospiel brachten, wähnte sich Harry schon hinter Gittern.

Gegen zweiundzwanzig Uhr brachen die beiden das Verhör unvermittelt ab und wünschten ihm einen guten Nachhauseweg. Wenn das nur ein Spielchen im Rahmen ihrer Ermittlungen gewesen sein sollte, dann war es ein ganz ein mieses.

Die beiden hatten nichts gegen ihn in der Hand und hatten nur gebluft. Das aber so gut, dass sich Harry gedanklich mitunter für die nächste Zeit schon hinter Gittern wähnte.

Das Kurfürstenbad hatte bereits geschlossen und er verspürte keine Lust in der näheren Zukunft, nach Amberg zum Baden zu fahren. Da gab es ja auch noch Burglengenfeld und Weiden mit zwei tollen Hallenbädern. Und beim Westbad in Regensburg fuhr er ja sowieso jeden Tag nach der Arbeit vorbei.

Kapitel 12 Endlich wieder frei

Als am nächsten Tag in seinem Büro eine Telefonnummer mit Amberger Vorwahl auftauchte, wurde Harry flau im Magen. Er wollte fast nicht abheben, besann sich aber dann eines Besseren. Am anderen Ende der Leitung erkannte er einen von den beiden Vernehmungsbeamten von gestern an dessen sonorer Stimme. Dieser teilte ihm nur kurz mit, dass die weiteren Ermittlungen bei der Kripo Amberg bleiben würden, er sich aber heute noch bei der Kripo Regensburg melden sollte, die in Amtshilfe für sie tätig war. Den Grund dafür nannte ihn der Beamte am anderen Ende der Leitung wieder einmal nicht.

Da Harry es nicht weit bis zur Dienststelle der Regensburger Kripo hatte, machte er sich auch gleich auf den Weg. An der Pforte wurde er nach der Angabe seines Namens und Anliegens sehr bald durch einen Mitarbeiter im Empfangsraum abgeholt und in ein separates Zimmer gebeten. Der Mann war freundlich und ganz das Gegenteil der Beamten von gestern. Ihm wurde mitgeteilt, dass der Abgleich der Fingerabdrücke in der Datenbank negativ war. Gleichwohl wurde er gebeten, bis auf weiteres seinen Reisepass abzugeben. Freiwillig natürlich und zu seinem eigenen Schutz versicherte ihm der Beamte. Natürlich würde er den Pass sofort zurückbekommen, wenn der Täter gefasst oder die Ermittlungen abgeschlossen werden würden. Nach wie vor konnten nicht alle Zweifel ausgeräumt werden, dass er tatsächlich nicht in den Mord verwickelt war.

Abends ging er zu Fuß zum Café Linde. Es konnte durchaus sein, dass er mit dem Taxi nach Hause würde fahren müssen. Sein Auto wollte er nicht dort über Nacht stehen lassen, zumal er es am nächsten Tag für die Fahrt zur Arbeit benötigte. Die Wahrscheinlichkeit, dass er ein Bier über den Durst trinken würde, war mehr als groß.

Ihm saß da etwas im Nacken, was er nicht so einfach abschütteln konnte. Nicht einmal die Kripo berichtete etwas über die Hintergründe oder die Umstände der Tat. Sie selber wusste sicherlich einiges mehr, als sie preisgab. Doch seiner Meinung nach tappten sie immer noch im Dunkeln, fischten offensichtlich im Trüben und waren gezwungen, in buchstäblich alle Richtungen zu ermitteln.

Er blieb dann doch noch länger, als er sich vorgenommen hatte. Die Gespräche mit einem alten Bekannten aus längst vergangenen Billardzeiten frischten gemeinsame Erlebnisse wieder auf. Der Dialog mit dem netten Sarden, der jetzt schon einige Jahrzehnte in Schwandorf lebte, verdrängte jeden Gedanken an die unangenehmen Erfahrungen der letzten Tage. Und natürlich trugen auch das eine oder andere Bier viel zu seinem temporären Vergessen bei.

Der Vorteil der Gleitzeit ermöglichte es ihm, erst zur Mittagszeit in seinem Büro zur Arbeit zu erscheinen. Die kalte Dusche hatte zwar einiges von seinem Brummschädel vertrieben, doch körperlich war er immer noch nicht ganz auf der Höhe.

Als er die 09621 auf dem Display seines Telefons sah, war er schlagartig wieder hellwach. Was wollten denn die schon wieder? Die wohlbekannte Stimme des Ermittlungsbeamten klang zwar immer noch nicht freundlich, doch sie übermittelte ihm erfreuliche neue Erkenntnisse. Er selbst war aus dem Fadenkreuz der Tatverdächtigen gerückt. Die Kripo hatte konkrete Hinweise auf den oder die Täter erhalten. Um wen es sich dabei handelte, teilte er jedoch immer noch nicht mit. Eine Last fiel von Harrys Schultern, als er sich seinen Reisepass wieder abholte.

Auch der Beamte von der Kripo Regensburg konnte oder wollte keine weiteren Auskünfte über den Stand der Ermittlungen erteilen.

Wer was wann und warum getan hatte, das war ihm mittlerweile auch egal. Er war froh, heil aus der Sache heraus gekommen zu sein, in die er nur geraten war, weil er damals den Stau umfahren wollte und dadurch Zeuge eines Unfalls wurde. Die Erinnerung an die Vorgänge verblasste langsam wieder. Der nächste Urlaub war schon gebucht und er hätte sich wieder seines Lebens erfreuen können.

Wenn er nicht eines nachmittags eine Spritztour mit seinem Cabrio gemacht hätte. Ziellos fuhr er über Wackersdorf am Murner See vorbei, bog beim Holzwurm ab und fuhr nach Schwarzenfeld, um sich im Café Alm, der ehemaligen Disco, einen Kaffee zu gönnen. Ohne sich weiteres dabei zu denken, fuhr er auch an dem Haus vorbei, in dem Karin lebte. In der Garageneinfahrt sah eine Harley Davidson stehen, an der ein etwa Mitzwanziger herumpolierte.

Drei Tage später fand er eine schriftliche Vorladung auf dem Tisch. Er sollte sich bei der Polizeidienststelle Schwandorf zu einer Zeugenaussage einfinden. Falls er den vorgeschlagenen Termin nicht wahrnehmen könnte, solle er sich unverzüglich wegen eines Alternativtermins unter der angegebenen Nummer in Verbindung setzen.

Die Vernehmung als Zeuge war zur Abwechslung ziemlich emotionslos und sachlich. Er kannte den ermittelnden Polizeibeamten persönlich und dieser bestätigte ihm, dass es sich einfach um eine Routinebefragung handelte. Das Haus der ermordeten Karin S. wurde mittels einer Videokamera auf richterliche Veranlassung überwacht und sein Kennzeichen wurde vor einigen Tagen vor dem Haus ermittelt. Er wurde eigentlich nur über den Grund seiner Anwesenheit befragt und warum er denn so langsam vorbeigefahren sei. Außerdem wurde ihm dann von dem Polizisten noch mitgeteilt, dass es sich bei dem Mann an der Harley Davidson um den Neffen der Verstorbenen handelte, der seinerzeit die Erbschaft wegen der Erbunfähigkeit seiner Mutter angetreten hatte, und das Haus nun mittlerweile alleine bewohnte. Mehr konnte oder durfte der Polizist aber nicht preisgeben.

Kapitel 13 Auf dem Kreuzberg

Spontan entschloss sich Harry an einem Sonntagmittag auf den Kreuzberg zu fahren. Die Mittagssonne stand noch zu hoch am Himmel und zum Baden in einem der umliegenden Seen war es noch zu früh. Für einen Segeltörn am Steinberger See ging zu wenig Wind. Einen Schweinebraten und ein alkoholfreies Weizenbier im Schatten der Bäume des Biergartens konnten auf keinen Fall schaden.

Eigentlich war er viel zu selten hier oben gewesen, obwohl er doch ganz in der Nähe wohnte. Einmal in der Jugend bei der Teilnahme eines Kreuzweges von Kaspeltshub zur Wallfahrtskirche, einmal zur Beichte vor seiner Hochzeit, einmal zur Einkehr bei einem Betriebsausflug und einmal, um sich den Schwandorfer Gospelchor anzuhören, der sich mittlerweile leider aufgelöst hatte.

Erst während des Essens kamen wieder die Erinnerungen an die Erzählung Heinrichs zurück, der ja von dem Vorfall auf dem Kreuzberg erzählt hatte. Das alles lag nun viele Jahre zurück und Harry beschloss wieder einmal, nicht mehr das Geringste in dieser Angelegenheit zu unternehmen und sich von allem fern zu halten, was mit dieser Sache zu tun haben könnte. So ließ er sich den Schweinsbraten schmecken und beschloss anschließend zur Segelschule Steinberg zu fahren, an der er vor langer Zeit selber einmal praktischen Segel- und Motorbootunterricht erteilt hatte.

Noch bevor er bezahlt hatte, knatterten einige Motorräder den schmalen Weg des Kreuzbergs hoch. Es waren verschiedene Marken der höherpreisigen Modelle. Eine Goldwing, zwei Harleys und einige große BMW, die allesamt auf betuchtere Besitzer hindeuteten. Eine der Harleys erinnerte ihn an die von Karins Neffen. Da die Männer jedoch alle Helme trugen, konnte er den Fahrer nicht identifizieren. Erst als die Gruppe mit den Helmen in den Händen zu einem Tisch in der Nähe ging, erkannte er eindeutig den besagten Neffen.

Bevor ihm seine Gedanken wieder Streiche spielen konnten, verließ er die Gaststätte und fuhr zum See.

Die Abkühlung im frischen Wasser des 60 Meter tiefen Sees, der in den späten sechziger und den siebziger Jahren der Braunkohleförderung diente, tat gut und die Unterhaltung mit einigen

Bekannten am Stammtisch der Segelschule brachte eine willkommene Abwechslung in das tägliche Allerlei.

Vom alten Eberhard wurde er dann eingeladen, eine Runde mit ihm auf seinem Segelboot zu machen. Der Wind blies nur selten in die meist schlaff herunterhängenden Segel. So steuerten die beiden weniger einen Kurs zum optimalen Vortrieb, sondern sie steuerten so, dass die Segel Schatten vor der sengenden Sonne boten. Mit Unterhaltung und Scherzen verging die Zeit wie im Flug. Der Sonntag fand einen harmonischen Ausklang und während die Sonne sich anschickte, am Horizont zu verschwinden, legten die beiden am Liegeplatz an. Leinen aufschießen, Persenning über das Segel, Boot abschließen und nach draußen, wo der Sohn von Eberhard schon wartete, um seinen Vater abzuholen. War der achtzigjährige Eberhard auf dem Wasser ein begnadeter Segler und tat es manchem jungen Spund gleich, dann war er an Land eher etwas gebrechlich mit seinen kaputten Knien und den extrem geformten O-Beinen.

Ob er es wollte oder nicht, nachts erschien Harry im Halbschlaf die Harley Davidson vor seinen Augen. So sehr er sich auch bemühte, er konnte seine Gedanken nicht in andere Bahnen lenken. Karin war nach ihrer Scheidung gerade noch in der Lage gewesen, ihr Haus finanziell noch knapp über Wasser zu halten, da ihr Einkommen eher im unteren Bereich lag. Sie hatte keine Kinder und ihre Schwester, die eigentlich Alleinerbin gewesen wäre, wurde als erbunwürdig erklärt. Da musste etwas Schwerwiegendes vorgefallen sein. Und nun ihr Neffe mit seiner Harley, der als Alleinerbe in Geld zu schwimmen schien. Diese und viele andere Gedanken schwirrten ungeordnet durch seinen Kopf, so dass von einer erholsamen Nacht nicht die Rede sein konnte.

Unausgeschlafen erschien er am nächsten Morgen zur Arbeit. Je mehr er sich bemühte, nicht mehr an das gestrige Erlebnis zu denken, umso mehr kreisten paradoxerweise seine Gedanken immer wieder darum.

Kapitel 14 Ein Zufallserfolg

Die Zeitungsmitteilungen in den überregionalen Presseorganen waren eher klein und auf den hinteren Seiten zu finden. Die Regionalgazetten, vor allem in der Oberpfalz, widmeten der Meldung etwas mehr Ausführlichkeit. In Österreich wurde eine Autoschieberbande dingfest gemacht. Unter den Festgenommenen war auch ein Schwandorfer, namens Siegbert S. (Name wurde von der Redaktion geändert). Fünfzehn Autos sollen von der Bande angemietet und dann über Triest nach Nordafrika auf Nimmerwiedersehen verschoben worden sein. Die Bandenmitglieder hatten verschiedene Nationalitäten, darunter ein Mann aus Weißrussland, zwei aus der Türkei, einer aus Algerien und zwei aus Deutschland.

Harry fiel die Ähnlichkeit zu dem Fall in Deutschland vor einigen Monaten auf, bei dem sechs Autos über Rotterdam verschoben worden sind. Die Beteiligten beziehungsweise die Beschuldigten erhielten damals entweder nur Bewährungsstrafen oder es konnte ihnen nichts nachgewiesen werden und mussten freigesprochen werden. Nur einem Bandenmitglied, das während des Gerichtsverfahrens schon wegen eines anderen Deliktes in Untersuchungshaft saß, erhielt eine weitere Freiheitsstrafe für die nachgewiesenen Autoschiebereien. Auch damals waren Personen aus dem Ostblock und aus Deutschland beteiligt.

Dass es sich bei besagtem Siegbert S. in der Zeitungsmeldung um Siegfried handelte, daran hatte Harry keinen Zweifel.

Bei den Ermittlungen über Hintergründe und Hintermänner der Bande stellte sich dann ein Zufallserfolg ein. Siegfrieds Fingerabdrücke wurden mit der internationalen Datenbank verglichen. Dabei wurde natürlich auch seine kriminelle Karriere, die ihm seine Haft in Stadelheim eingebracht hatte, festgestellt. Daneben kam noch die Mittäterschaft beim Geldautomatendiebstahl in einem großen Einkaufsmarkt in Schwandorf zur näheren Untersuchung, da seine Fingerabdrücke auf der beschädigten Eingangstüre des Marktes gefunden wurden. Dass seine Fingerabdrücke auch am Tatort bei einem Mordfall in Schwarzenfeld gefunden wurden, erregte die Aufmerksamkeit von Harry besonders.

Freilich waren Fingerabdrücke kein Beweis für eine Täterschaft. Diese konnten auch viel früher und zufällig hinterlassen worden sein. Aber dass Siegfried ausgerechnet bei der Schwester seines Todfeindes im Haus war, konnte wohl kaum mit einem Freundschaftsbesuch erklärt werden.

Die Kripo in Amberg leistete gute Arbeit und konnte nicht nur aufgrund von Indizien die direkte Tatbeteiligung von Siegfried nachweisen. Dieser wurde zur Aufklärung für die schwerwiegendere Tat durch die österreichischen Behörden nach Deutschland überstellt.

Die Beweise, dass Siegfried im Haus von Karin gewesen war, waren so erdrückend, dass er das auch nach anfänglichem hartnäckigem Leugnen zugab. Nur den Mord selbst sollte ein anderer ausgeführt haben. Den Täter konnte und wollte er nicht nennen. Dabei zeigte er die verkrüppelten Finger seiner rechten Hand, die allesamt vom Daumen bis zu den vier Fingern in einem erbärmlichen Zustand waren. Wie Siegfried sagte, wurde damals auch sein rechter Unterarm zwei Mal mit Gewalt gebrochen. Die Röntgenbilder, die in der Krankenabteilung der Justizvollzugsanstalt gefertigt wurden, zeigten dann auch zwei Brüche, die wild zusammengewachsen waren, ohne dass eine medizinische Behandlung erfolgte. Wer ihm die Misshandlungen zugeführt hatte und vor allem warum, darüber schwieg er beharrlich.

So sehr sich die Kripo auch bemühte, Siegfried gab nicht die geringsten Informationen über eventuelle Hintermänner oder den wahren Täter preis. Die Staatsanwaltschaft bereitete daraufhin eine Klage gegen ihn als Einzeltäter vor. Die Kripobeamten, die die Befragungen durchführten, waren überzeugt, dass tatsächlich ein anderer Täter Karin ermordet hatte. Die Angst in Siegfried vor einer Rache, die er dieses Mal nicht überleben würde, war so groß, dass er lieber ins Gefängnis ging als auch nur noch das Geringste über einen Mittäter preiszugeben.

Die Berichte über Einzelheiten kamen nur spärlich ans Tageslicht. Doch als Harry von den gebrochenen Fingergliedern und ausgerenkten Fingergelenken erfuhr, war für ihn die Verbindung zum Tod von Heinrich, der mit ebenfalls mit gebrochenen Fingen auf dem Grund des Steinberger Sees aufgefunden wurde, nur all zu klar. Nicht dass Siegfried selbst etwas mit dem Tod von Heinrich zu tun gehabt haben müsste. Die Täter, welche die Folterungen bei Heinrich und Siegfried verübten, waren seiner Meinung nach die gleichen. Nur dass eben Siegfried noch am Leben war. Dieser wäre der Schlüssel zur Lösung des Mordes an Heinrich gewesen. Doch er schwieg beharrlich und auch als das Urteil mit 20

Jahren Haft mit anschließender Sicherungsver-
wahrung verkündet wurde, nahm er diesen
Spruch gelassen hin.

Kapitel 15 Eine späte Rache

Drei Monate nach seinem Haftantritt wurde Siegfried erhängt am Gitter seines Zellenfensters gefunden. Wenn er jemals in seinem Leben etwas Gutes getan hatte, dann war es die Botschaft auf dem Zettel, den er mit zittrigen Buchstaben beschrieben hatte.

Es waren nur drei oder vier Sätze mit denen der Neffe von Karin von ihm als Täter benannt wurde. Nach dessen Festnahme legte dieser ein volles Geständnis ab, auch wenn das vieler Vernehmungen bedurfte. Anfangs leugnete er alles oder er schwieg sich aus. Er gab immer nur das zu, was ihm auch eindeutig bewiesen werden konnte. Und da das nicht gerade wenig war, kamen die Ermittlungsbeamten auch rasch zu ihrem Erfolg.

Der Mord an Karin wurde nun eindeutig aufgeklärt. Ihre Schwester und sie hatten sich schon vor einigen Jahren so zerstritten, dass sie sich unter Zeugen gegenseitig Morddrohungen an den Kopf geworfen hatten. Für das Gericht war das später auch der Grund, die Erbfähigkeit von Karins Schwester negativ zu testieren. Ihr Sohn Bert, der damals unter chronischem Geldmangel litt, brauchte von ihr auch nicht lange überredet zu werden, um seiner Mutter einen Gefallen zu tun. So nannte sie es damals, ohne das Vorhaben überhaupt im Detail ansprechen zu müssen.

Da Bert seinerzeit als Fahrer der angemieteten Autos fungierte, die nach Rotterdam verschoben wurden, hatte er auch Kontakt zu Siegfried, der als Kontaktmann zwischen Auftraggebern, dem Mieter des Fahrzeuges und ihm fungierte. Bert wusste um die dunkle Vergangenheit Siegfrieds und bat diesen, die Arbeit an seiner Tante zu erledigen. Er selbst wollte sich seine Hände an der Schwester seiner Mutter nicht schmutzig machen. Da Bert aber die geforderte Geldsumme dafür nicht aufbringen konnte, bot Siegfried ihm an, dabei anwesend zu sein, damit er keinen Rückzieher mehr machte und die Tat auch zu Ende bringen würde. Notfalls würde er ihn moralisch unterstützten – mehr nicht. Kein Geld, keine Arbeit. So lautete die Devise von Siegfried. Wenn er auch sonst nicht sehr zuverlässig war – in dieser Beziehung war er konsequent.

Schließlich war Karin die Schwester seines Erzfeindes und obwohl sie ihm nicht das Geringste angetan hatte, war Siegfried der Meinung, dass sie den Tod auch so verdient hätte. Nur alleine die Tatsache, dass sie die Schwester seines Todfeindes war, reichte ihm aus ihr den

Tod nicht nur zu wünschen, sondern auch aktiv das Mordvorhaben zu unterstützen.

Unter einem Vorwand verschafften sich die beiden ein paar Tage später dann Zutritt zu Karins Wohnung. Sie bot den beiden dann sogar noch Getränke an, die sie aber unangetastet stehen ließen, um keine Fingerabdrücke zu hinterlassen. Die beiden waren sich anscheinend sicher, dass sie keine Spuren hinterlassen würden. An Handschuhe hatten sie zwar vorher gedacht, den Gedanken aber wieder verworfen, um Karin nicht misstrauisch zu machen, als sie bei ihr um Einlass baten. Erst später, als sie bereits im Haus waren, zogen sie sich die Handschuhe an. Zu spät, wie sich dann im Verlauf der Ermittlungen zeigen sollte.

Der Tod von Karin musste dann schrecklich gewesen sein, da Kripo später am Tatort eine Verwüstung im Haus vorfand, die von einem heftigen Kampf stammen musste. Die Tischdecke mit den drei zerbrochenen Gläsern lag auf dem Boden, zwei umgeworfene Stühle und eine zerbrochene Blumenvase lagen daneben. Das Wasser von den Gläsern und der Vase war längst verdunstet. Die verwelkten und halb verdorrten Blumen lagen verstreut im Zimmer herum. Auf dem Flur zum Treppenhaus wurde eine ähnliche Unordnung aufgefunden. Ein umgeworfener

Stuhl lag zu Füßen der Leiche, die wohl in vollem Bewusstsein mit dem Hals in der Schlinge an das Treppengeländer gebunden wurde. Ihre Hände waren mit einem Schal auf den Rücken gefesselt. Die letzten Minuten musste sie in vollem Bewusstsein dessen erlebt haben, was gleich passieren würde. Ob sie dabei um Gnade flehte, war ohne Belang. Siegfried kannte keine Gefühle in diese Richtung. Er war im wahrsten Sinne des Wortes gnadenlos.

Dass es sich um keinen Raubmord handelte, war den Beamten schnell klar, da offensichtlich keinerlei Wertgegenstände entwendet wurden. Die Geldbörse lag unangetastet auf dem Sideboard und auch sonstige Wertsachen im Haus blieben an Ort und Stelle. Auch wenn noch einige Schubladen aus den Halterungen gerissen wurden und deren Inhalt auf dem Boden verstreut wurde, um die Hintergründe des Mordes zu verschleiern. Eine Beziehungstat im näheren Umfeld war mehr als wahrscheinlich.

Das Rätsel mit den drei Gläsern auf dem Boden in Karins Wohnung war nun auch gelöst. Ob die Ermittlungsbehörden anfänglich wirklich nur von einem Täter ausgegangen sind, wird deren Geheimnis bleiben.

Kapitel 16 Ein offenes Ende

Wer Heinrich auf so bestialische Weise ermordet hatte wurde nie geklärt. Die Spuren verliefen sich in vielen Richtungen im Sand. Internationale Autoschieberbanden, vielleicht auch die Rotlichtszene und die Glücksspielindustrie waren mehr oder weniger darin verwickelt. Ob es einen oder mehrere Drahtzieher dabei gab, die Heinrichs Leben auf so bestialische Weise beendeten, blieb ebenfalls bis heute ein Geheimnis. Sicher war jedoch, dass die Täter ohne Rücksicht und mit äußerster Brutalität vorgingen.

Das Urteil für Bert steht noch aus, da das Verfahren gegen ihn voraussichtlich erst im Sommer 2019 gefällt wird. Doch es ist anzunehmen oder vielmehr zu hoffen, dass die besondere Schuld auch bei ihm festgestellt wird, die eine vorzeitige Entlassung aus der Haft nicht möglich macht.

Für Harry folgte aus allem die Erkenntnis, dass er sich künftig lieber in einen Stau stellt und geduldig wartet, bevor er noch einmal eine Stauumgehung in Betracht ziehen würde.

Epilog

Die Orte, die in dem Roman vorkommen existieren tatsächlich. Ortskundige werden diese sicherlich kennen und sich an einige der beschriebenen Details erinnern können. Im Vorfeld der Erscheinung des Buches wurde versucht, von allen betroffenen Lokalen und Gaststädten die Genehmigung zur Veröffentlichung des Originalnamens einzuholen. Nicht von jeder Lokalität liegt die Einwilligung schriftlich vor.

Die Namen der Protagonisten und die Handlung sind frei erfunden. Ähnlichkeiten mit lebenden Personen sind rein zufälliger Natur. Die Namen der Personen, die im Buch in einer Nebenhandlung vorkommen wurden geändert, so dass Rückschlüsse darauf nicht möglich sein sollten.

Im Folgenden werden die beiden bis heute ungeklärten Mordfälle von Christa Mirthes, die mit der Ehefrau des Verfassers in die Schule ging und von Walter Klankermeier, den der Autor bei seinen glamourösen Auftritten selbst erlebte und dessen verrufenes Etablissement er in Weiden besuchte, welches etlichen Stadträten zum gesellschaftlichen Verhängnis wurde oder zumindest zu einem Eklat führte.

Ein weiterer Fall von tatsächlichen Autoschiebereien, die an der tschechischen Seite von Waidhaus ihren zentralen Mittelpunkt hatten, wurde
Ende 2018 gerichtlich zum Abschluss gebracht.
Im Anhang werden die Geschehnisse anhand
von Presseberichten geschildert.

Anhang

Autoschieberbanden vor Gericht

Organisierte Kriminalität gab es in der Oberpfalz schon immer. Aber die internationalen Verflechtungen entwickelten sich erst so richtig mit der Grenzöffnung.

Boss der Autoschieberbande vor Gericht

Quelle: O-Netz vom 08.09.2004

Der Kopf einer osteuropäischen Autoschieberbande muss sich seit Dienstag vor dem Landgericht Hof verantworten. Die Staatsanwaltschaft wirft dem 31 Jahre alten Polen 35 schwere Bandendiebstahls-Delikte vor. Zusammen mit seinen schon verurteilten Helfern soll der Mann bundesweit in Autohäuser eingebrochen haben und dabei vor allem Luxus-Autos gestohlen haben. Die Staatsanwaltschaft beziffert den Sachschaden auf rund 2,5 Millionen Euro. Zum Prozessauftakt räumte der Angeklagte 19 der 35 Anklagepunkte ein. Die bereits verurteilten Helfer erhielten zum Teil sehr hohe Haftstrafen von bis zu neun Jahren. Das Urteil ist für den 16. September geplant.

Prozess im Amberger Schöffengericht

Tatverdächtiger mit Pokerface

Quelle: O-Netz vom 10.10.2017

Vorhang auf für ein Ganovenstück der internationalen Autoschieberkriminalität. Die Anklagebank drücken zwei mutmaßliche Handlanger der eigentlichen Bande und ein, ebenfalls den Vermutungen nach, in den Strukturen der Drahtzieher höher angesiedelter Mann mit kasachischer Abstammung.

Amberg/Waidhaus. Dort, wo neuerdings auch Prominente wie Boris Becker am Kartentisch sitzen, lernten sie sich kennen: Beim Pokerspiel gleich hinter der tschechischen Grenze in Rozvadov. Drei Männer auf der Suche nach immer neuem Glück. Einer aus Schwandorf, der zweite aus Böblingen, der dritte sesshaft im schwäbischen Teil Bayerns. Irgendwann im August 2015 soll der heute 45-jährige Kasache aus Böblingen den Schwandorfer dazu animiert haben, noble Limousinen anzumieten. Weshalb? "Um Spaß zu haben und auch wegen der Mädels", hörte das Amberger Schöffengericht. Der in Schwandorf wohnende 59-Jährige, nie im Besitz eines Führerscheins, machte an zwei aufeinanderfolgenden Tagen Leihverträge mit Firmen in Chemnitz und Amberg. Die Limousinen hatten einen Wert von jeweils 40 000 Euro. Sie wurden über Waidhaus nach Rozvadov gebracht und dort vor dem Casino geparkt.

Wer fuhr sie hin? Welche Rolle spielte der 57-jährige Poker-Partner aus Schwaben? Nebulös. Der Mann sagte nur: "Ich räume die Vorwürfe ein." Doch zu seinem Tatbeitrag mochte er nichts Näheres sagen. Fest steht nur: Der Schwandorfer meldete eines der Fahrzeuge am 13. August 2015 bei der Bundespolizei in Waidhaus als gestohlen.

Zuvor war er eigenen Angaben zufolge mehrfach mit einem Moped von Schönsee aus über Waidhaus nach Rozvadov gefahren, um dort nachzusehen, ob denn die beiden teuren Autos noch vor dem Poker-Paradies stünden. Plötzlich waren sie fort. Eine kuriose Geschichte mit Widersprüchen und schleierhaften Darstellungen. Fest steht in diesem Prozess: Die Autos wurden über Holland nach Afrika verschoben. Im Hintergrund operierte eine offenbar straff organisierte Bande in Berlin, an deren Spitze ein Ukrainer gestanden haben soll. Der sitzt im Gefängnis.

Der Umgriff von erst geliehenen und dann verschobenen Kraftfahrzeugen aus Deutschland war offenbar heftig. Das schilderte ein Fahnder aus Brandenburg vor den Richtern. Er legte auch offen, dass Spezialermittler der Polizei bei Telefonüberwa-

chungen wiederholt auf den Namen des jetzt in Amberg mit vor Gericht sitzenden Kasachen aus Böblingen gestoßen seien.

Von dem Ermittler weiß man auch, dass die in Amberg und Chemnitz gemieteten Limousinen über eine Zwischenstation in den Niederlanden auf afrikanischem Boden landeten. Der Mann aus Kasachstan schweigt. Sein Pokerfreund aus Schwaben gibt die Beteiligung an den beiden Kfz-Anmietungen zu. Mehr nicht.

Im Gerichtssaal hat bisher nur der 59-Jährige aus Schwandorf geredet. Allerdings so, dass Schöffengerichtsvorsitzender Markus Sand starke Zweifel hegte. Zum Beispiel deswegen: Wenn jemand ahnungslos zur Anmietung von Fahrzeugen überredet wird und dann feststellt, dass die Autos weggekommen sind, weshalb fährt er dann anschließend zum Freundschaftsbesuch zum vermeintlichen Drahtzieher nach Böblingen? Nur deswegen, weil der Kasache ein guter Kartenspieler war? Der Kasache lächelte. Danach zeigte er wieder sein gelangweiltes Pokerface. Ein spannender Fall. Unterbrochen nach sieben Stunden, die Fortsetzung folgt im November.

Der Fall Christa Mirthes

Schrecklicher Fund im Brunnenschacht

Quelle: Mittelbayerische Zeitung vom 24.05.2013

Es war eine der großen Schlagzeilen Ostbayerns. Doch auch nach 35 Jahren bleibt der Sexualmord an der 15-jährigen Schwandorferin Christa Mirthes ungeklärt.

Von Reinhold Willfurth, MZ. 24. Mai 2013

Am 16. Juni 1978 tummeln sich der zehnjährige Thomas und sein elfjähriger Freund Ewald in dem verlassenen Haus mit seiner geisterhaften Atmosphäre in der Klosterstraße. Das Gebäude ist ein wunderbarer Abenteuerspielplatz für die Buben – bis sie eine grausige Entdeckung machen: Aus einem Unrathaufen in einem Brunnenschacht ragt eine Hand. Die Buben halten sie für die Gliedmaßen einer Puppe. Trotzdem kommt es ihnen komisch vor, dass sich darauf so viele Fliegen sammeln. Sie rufen einen Nachbarn herbei.

Johann J. erkennt schon am stechenden Leichen-geruch, dass die Hand zu einem toten Menschen ge-hören muss. Wenig später riegelt die Polizei das Haus ab. Die Leiche von Christa Mirthes liegt zusam-mengekrümmt in dem schmalen Schacht. Sie ist nackt und trägt Spuren bestialischer Gewalt. Der Mörder hat mit einem stumpfen Gegenstand Kopf und Kiefer der 15-Jährigen zertrümmert. An Brust, Arm und Unterleib finden sich mehrere Einschnitte.

Ermittlungen im Rotlichtmilieu

Fieberhaft beginnen die Beamten der Soko „Mirthes" die Suche nach dem Mörder. Sie konzent-rieren sich auf das Rotlichtmilieu der Kreisstadt und ihrer Umgebung. Christa Mirthes galt als „Rumtrei-berin". Schon mit 13 Jahren soll das hübsche Mäd-chen als Animierdame im „Seehaus Neubäu" gear-beitet haben, einem Bordell vor den Toren Schwan-dorfs. Auch in weiteren Nachtklubs der Region war die Schülerin öfter zu Gast. Im März 1977 wurde sie nachts betrunken vor dem Eingang zum Truppen-übungsplatz Hohenfels aufgegriffen. Sie hat viele Männerbekanntschaften und bleibt oft von zuhause weg. Die Kripobeamten befragen Gäste und Ange-stellte, kommen aber keinen Schritt weiter.

Auch die Rekonstruktion der möglichen Tatzeit endet im Nichts. Am 28. April 1978 trifft Christa Mirthes auf dem Schwandorfer Marktplatz einen Bekannten, lässt sich eine Zigarette geben und verabschiedet sich dann in Richtung Diskothek „Captain Cook". Zwei Schülerinnen wollen sie dann noch zwei Tage später auf dem Weg zum „Elvis Club" gesehen haben. Zum letzten Mal lebend soll sie am 1. Mai gesehen worden sein. Dann verliert sich ihre Spur.

Während sich in Schwandorf Gerüchte über den möglichen Tathergang verbreiten wie ein Krebsgeschwür, halten sich die Polizeibeamten an die Fakten. Die stehen jedoch weiterhin nur sehr spärlich zur Verfügung. Weder Christa Mirthes' in der Nähe des Auffundorts zurückgelassene schwarze Veloursjacke mit gelbem Teddyfutter noch ihre grünen, hochhackigen Schuhe mit Plateausohle im typischen Stil der siebziger Jahre geben Hinweise auf den Mörder. Um im Chaos des Abbruchhauses Blutspuren zu sichern, wird der Raum rund um den Brunnenschacht mit dem fluoreszierenden Mittel „Luminol" ausgespritzt. Doch nur an zwei Stellen finden die Ermittler geringe Spuren von Blut, und die lassen sich nicht eindeutig zuordnen. Zumindest ist damit klar, dass der Auffindeort nicht der Tatort gewesen sein kann. Keine Hinweise liefern auch die am Tatort gefundenen Schmuckstücke, etwa das Halskettchen

des Opfers, in dessen Anhänger der Name „Peter"
eingraviert ist.

Alle Hinweise führen ins Nichts

Gut vier Meter vom Brunnenschacht entfernt wird ein goldfarbiger Anhänger in Form eines Wanderschuhs gefunden. Mit einem Phantombild wird nach einem zirka 40jährigen Mann mit schwarzen Haaren, auffallend dunkler Gesichtsfarbe und fränkischem Dialekt gesucht. Bis heute vergeblich. Mit jedem Jahr schwinden die Chancen, dass der Mörder der 15-Jährigen noch gefunden wird. Die Akte Mirthes bleibt weiter geöffnet. Mord verjährt nicht.

Mittelbayerische Zeitung vom 18. März 2017

Immer wieder erscheint der Mordfall Mirthes in den Gazetten, vor allem in der regionalen Presse von Neuem:

Der Fall Mirthes: Die Tote aus dem Brunnenschacht

Quelle: MZ vom 18.03.2017

Im Juni 1978 entdecken Kinder in Schwandorf die Leiche eines 15-jährigen Mädchens. Der Sexualmord gibt den Ermittlern bis heute Rätsel auf.

Nina Schellkopf, Mario Geisenhanslüke 18. März 2017

Schwandorf. Es ist der 9. Juni 1978, ein stark bewölkter Tag, als spielende Kinder in einem verwahrlosten Anwesen eine merkwürdige Entdeckung machen.

Hier wurde die Leiche von Christa Mirthes entdeckt: ein trockener Brunnenschacht in der Klosterstraße 30. Das verfallene Anwesen steht heute nicht mehr. Foto: MZ-Archiv/Polizei

Das Gebäude in der Klosterstraße 30 ist ein Paradies für kleine Jungs. Ein echter Abenteuerspielplatz: Das baufällige Anwesen mit seinen acht Zimmern ist verlassen. Dort und im Keller findet sich allerlei interessantes Gerümpel und Müll. Gerne stöbern Thomas, 10, und sein ein Jahr älter Freund E-wald hier herum. Der Schacht eines ausgetrockneten Brunnens im Hinterhof hat es ihnen besonders angetan. Sie klettern hinein und stochern mit einer

Stange herum, als sie plötzlich einen Arm entdecken, der aus dem Schutt herausragt. Sie vermuten eine alte Schaufensterpuppe unter dem Unrat. Nur der entsetzliche Gestank stört die Jungen. Sie werfen eine Matte und Müll in den Schacht und bedecken das Loch mit einer Tür. Zuhause erzählt Ewald seiner Mutter von der Entdeckung, dem Gestank und den Fliegen auf der vermeintlichen Puppe. Doch erst sein Bruder ...

So oder so ähnlich beginnen alle diese Berichte, die wohl nie die Auflösung über den Namen des Mörders beinhalten werden. Außer es erfüllt sich eine letzte Hoffnung der Ermittlungsbehörden. Nämlich, dass der oder die Mörder auf dem Sterbebett ihr Gewissen entlasten wollen und doch noch ein Geständnis machen!

Der Fall Klankermeier

Quelle: Mittelbayerische Zeitung vom 29.04.2017:

Weiden. Es ist der 22. August 1982, ein warmer Sonntagmittag. In einem Waldstück bei Weiden in der Oberpfalz finden Barbara B. aus Bechtsrieth und ihr Mann Johann beim Preiselbeer sammeln eine Leiche. In der Grube eines entwurzelten Baumes entdecken sie die Überreste von Walter Klankermeier – der Nummer Eins im Weidener Rotlichtmilieu.

Der leitende Oberstaatsanwalt Wilhelm Meier, der sachbearbeitende Kriminalbeamte Eberhart Achtert und Kripo-Chef Ludwig Detter begutachten die Fundstelle, an der die Leiche von Walter Klankermeier lag. Foto: MZ-Archiv/Zimmermann

Nicht die Kugel, die seinen rechten Herzbeutel durchbohrte, sondern die mehr als 30.000 Mark teure Rolex wird den Ermittlern später den Todeszeitpunkt verraten. Eben jene Rolex, die der 42-Jährige am Abend des 14. Juni 1982 am Handgelenk trägt, als er das letzte Mal gesehen wird. An diesem Abend klingelt das Telefon des Nachtclub-Königs in seinem Pilspub "Tiffany" in der Judengasse.

Weiter hierzu aus dem Internetforum „Ungeklärte Mordfälle"

*Am anderen Ende der Leitung ist wohl sein späte-
rer Mörder. Klankermeier – 1,70 Meter groß, durch-
trainiert, das schwarze Haar und den markanten
Schnauzer akkurat frisiert – will bei diesem Telefonat nicht belauscht werden. Dann verschwindet er
spurlos.*

*Gefunden wird der 42-Jährige schließlich acht Wo-
chen später im August unter einem Haufen Birken-
reisig. Die Identifizierung ist trotz des stark verwes-
ten Zustands der Leiche recht einfach. Klankermeier
trägt seine bekannte Rolex noch am Arm und hat
auch sein Portemonnaie noch bei sich. Außerdem
passen ein gebrochenes Handgelenk und einige de-
formierte Zähne zu Verletzungen, die sich der 42-
Jährige bei einer Prügelei im April zugezogen hatte.*

*Auch die Todesursache ist schnell geklärt: Mit einem
gezielten Schuss in den rechten Herzbeutel wurde
Walter Klankermeier getötet. Doch damit ist es mit
der   Eindeutigkeit   in   diesem   Fall   vorbei.*

*Zunächst heißt es, außer dem tödlichen Schuss habe
die Gerichtsmedizin nichts feststellen können. Später
ist von mehreren gebrochenen Rippen die Rede, die
darauf schließen lassen, dass der Rotlichtkönig ge-
foltert wurde. Bestätigen will die Polizei das auch
heute nicht. Ob Fundort und Tatort identisch sind,*

können die Ermittler nicht endgültig klären.

Den ungefähren Todeszeitpunkt verrät Klankermeiers Uhr: eine Rolex Oyster mit Selbstaufzug. Die Datumsanzeige steht auf „16", als er gefunden wird. Ohne Armbewegung läuft dieses Modell noch 48 Stunden.

Die   Ermittlungen

Montag, 19. Dezember 2016: Der Weidener Strafverteidiger Dr. Burkhard Schulze blättert in einem großen grauen Ordner. Darin sind zahlreiche Zeitungsartikel abgeheftet, alles was über seinen wohl berühmtesten Mandanten geschrieben wurde, hat Schulze hier fein säuberlich archiviert. Nur von Klankermeiers Mörder fehlt auch 35 Jahre später immer noch   jede   Spur.

"Klankermeier   hatte   Todesahnungen."
Anwalt   Dr.   Burkhard   Schulze
"Er hatte Todesahnungen", sagt der Anwalt, der den Rotlicht-König bis zu dessen Ermordung zu seinen Klienten zählte. Vor seinem Verschwinden erkundigt sich Klankermeier bei Schulze, wie er – für den Fall, dass ihm etwas zustoßen würde – seinen Nachlass ordentlich regeln könne. An einen natürlichen Tod habe der 42-Jährige dabei nicht gedacht, da ist sich Schulze sicher. Schließlich hat sich der Nachtclub-Boss in einem gefährlichen Milieu bewegt.

Klankermeiers Anwalt Dr. Burkhard Schulze schildert im Interview seine Erinnerungen an den mysteriösen Mord an seinem Mandaten:

Vielleicht auch aus diesem Grund beschleicht den Anwalt eine ungute Vorahnung, als er am Tag nach Klankermeiers Verschwinden dessen dreistöckige Luxuswohnung betritt. Sein sonst so zuverlässiger Klient hat eine Verabredung nicht eingehalten. Ungewöhnlich. In der Wohnung findet Schulze die Tageseinnahmen von 1800 Mark, die offen herumliegen. Klankermeiers Hund – eine kleine Bulldogge – ist alleine in der Wohnung. Die teuren Luxusschlitten des Rotlicht-Königs stehen frisch geputzt in der Garage. Schulze ahnt, dass seinem Mandanten etwas zugestoßen sein muss. Er erstattet Vermisstenanzeige.

Die Polizei aber geht zunächst nicht von einem Verbrechen aus und sucht den 42-Jährigen in den USA. Denn als junger Mann war er nach Chicago ausgewandert, hatte acht Jahre lang dort gelebt und war 1967 nach Weiden gekommen. Dort begann mit dem Lokal „Zum lieben Augustin" seine Karriere im Sexgeschäft.

Klankermeier hat sich Feinde gemacht

Anfang der Achtziger Jahre ist Walter Klankermeier,

der nicht raucht und keinen Alkohol trinkt, die unangefochtene Nummer Eins im Weidener Rotlichtmilieu. Dem gebürtigen Augsburger gehören vier Lokale, eine Diskothek, eine Bar, ein Rasthaus und ein Striplokal. Mit seiner "Fortuna-Bar" sorgt er nicht nur in Weiden, sondern in ganz Deutschland für Aufsehen. Der Grund: Live-Sex auf der Bühne – und "der härteste Striptease außerhalb von St. Pauli". Der ehemalige Metzgerlehrling wird zum Millionär. Doch auch wenn in seinen Lokalen laut Polizei beispielsweise Rauschgift nie eine Rolle spielte: "Klanki" ist in Geschäftsangelegenheiten alles andere als zimperlich.

Als einmal der Stadtrat sein Striplokal wegen der zu freizügigen Shows schließen will, präsentiert der Nachtclub-König kurzerhand offene Rechnungen einiger prominenter Lokalpolitiker. "Mit ihm kam die Sünde zu uns", predigt der Pfarrer in Weiden von der Kanzel. Was Klankermeier in der Kirche trocken kommentiert: "Wenn ich mich hier umsehe, erkenne ich einige bekannte Gesichter".

Im Milieu ist der 42-Jährige dafür bekannt, dass er gerne einmal in fremden Revieren wildert und mit Nachdruck agiert, wenn es darum geht, Stripperinnen abzuwerben. "Dem musste man schon ganz deutlich sagen, dass er die Finger weglassen sollte, sonst passierte das direkt vor meinen Augen", wird ein Regensburger Sexclub-Besitzer in der Wochen-zeitung "Die Woche" zitiert. Mit diesem Vorgehen habe sich Klankermeier in der Szene keine Freunde gemacht, heisst es. Musste er deshalb sterben?

Ermittler tippen auf Auftragsmord

Die Polizei bildet eine Sonderkommission. Schnell er-geben die Ermittlungen, dass „Klanki" – wie er mit Spitznamen hieß – am Abend seines Verschwindens mit einem Mann in der Judengasse gesehen wurde. Zeugen beschreiben ihn so: gut gekleidet, mit dunk-len Haaren, 35 bis 40 Jahre alt. Er und Klankermeier sollen sich zu Fuß auf den Weg Richtung Kreiswehr-ersatzamt gemacht haben, um dann in ein Auto zu steigen.

Ein ungewöhnliches Verhalten, war der Gastronom doch dafür bekannt, äußerst misstrauisch und vor-sichtig zu sein. In einem Zeitungsbericht von Anfang August 1982 werden Freunde und Mitarbeiter zi-tiert. Und die sind sich sicher: Der 42-Jährige sei grundsätzlich nie zu jemandem ins Auto eingestie-gen, ging nachts nicht alleine aus dem Haus, ließ die Haustür von einem Angestellten öffnen und stand immer mit dem Rücken zur Wand.

"Klankermeier wurde in eine Falle gelockt", sagt der ehemalige Kripochef Ludwig Detter Jahre später in *einer Fernsehsendung, die den Weidener Mordfall noch einmal aufrollt. Mit was auch immer der Unbekannte den Rotlicht-König an diesem kühlen Abend im Juni geködert hat: Es muss so verlockend gewesen sein, dass "Klanki" seine Vorsichtsmaßnahmen diesmal außer Acht gelassen hat. Mit einem Phantombild suchen die Ermittler nach dem unbekannten Mann.*   *Ohne*   *Erfolg.*

Einen Raubmord schließen die Ermittler schnell aus. Klankermeiers Geldbeutel, eine wertvolle Halskette aus Gold und die teure Rolex interessieren den oder die Mörder nicht. Sie werden später bei der Leiche gefunden. Die Indizien sprechen viel mehr für eine Beziehungstat – oder eben einen Auftragsmord. "Rache" ist für die Ermittler kurz nach dem Leichenfund das plausibelste Motiv. Die Vorgehensweise des Täters war kaltblütig und professionell: Der Rotlicht-König starb durch einen gezielten Schuss in den rechten Herzbeutel. Er wurde von seinem Mörder regelrecht hingerichtet. "Das war ein bestelltes Exekutionskommando", ist sich der leitende Oberstaatsanwalt Wilhelm Meier damals sicher: "Klankermeier wurde   eiskalt   von   vorne   umgelegt."

"Das war ein bestelltes Exekutionskommando." Wilhelm Meier, damaliger Leitender Oberstaatsanwalt   des   Landgerichts   Weiden Vieles in dem aufsehenerregenden Fall bleibt jedoch ungeklärt: Vor allem die Kleidung, die bei der Leiche

Klankermeiers gefunden wird, gibt den Ermittlern Rätsel auf. Er trägt eine helle Leinenhose und blaurote Socken. Sein Oberkörper ist nackt, aber ein schwarzes T-Shirt liegt zu seinen Füßen. Schuhe fehlen. Zeugen indes berichten, ihn zuletzt in einem Jogginganzug gesehen zu haben. Wo und wann der Nachtclub-König sich umgezogen hat, und ob er möglicherweise dazu gezwungen wurde, bleibt unklar.

Auch in Klankermeiers dreistöckiger Luxuswohnung macht sein Anwalt Schulze eine seltsame Entdeckung. Er findet ein aufgeschlagenes Buch. Der Titel: "Das Leben nach dem Tod". Ein Indiz für Klankermeiers Todesahnung? Oder eine makabere Botschaft seines   Mörders?

Kriminalhauptkommissar Ernst Wager erklärt im Video, in welche Richtungen die Polizei im Fall Klankermeier   ermittelt   hat.

Heimliche   Liebe   erbt   alles

Noch Wochen nach seinem Tod sorgt der legendäre "Klanki" weiter für Schlagzeilen. Denn der Nachtclub-König hinterlässt ein Testament auf einem Quittungsblock. Sein Vermögen vermacht er einer 18 Jahre alten evangelischen Pfarrerstochter.

Beide kannten sich flüchtig von einem Sommernachtsfest im gemeinsamen Reitclub. Der 42-Jährige, dem man nachsagte, dass so manches seiner leichten Mädchen erst den Weg durch sein Schlafzimmer genommen hat, verliebt sich Hals über Kopf. Sein hartnäckiges Werben soll am Ende zwar unerwidert geblieben sein, dennoch erbt die junge Frau das Vermögen des Gastronomen – abzüglich einer immensen Steuernachzahlung und diverser Schulden. Sie wird damit über Nacht zur Begierde der Reporter. Jeder will ein Bild oder gar ein Interview mit der unverhofften Millionenerbin bekommen. Ohne Erfolg.

Im Audiointerview spricht MZ-Redakteur Fritz Winter über seine Erinnerungen an den mysteriösen Mord an Walter Klankermeier.

"Heiße Spur" verläuft ins Nichts

Nach einer spektakulären Festnahme in einem Hotel in der Weidener Innenstadt im April 1983 nehmen die Ermittlungen im Fall Klankermeier noch einmal Fahrt auf. In einer Blitzaktion verhaften Polizisten den 33-jährigen Peter B. und seinen Komplizen Wilhelm P. Den beiden Männern wird vorgeworfen, in einem Waldstück nahe Köln einen Gebrauchtwagenhändler erschossen und ausgeraubt zu haben. Es soll ein Auftragsmord gewesen sein, heißt es später.

In Weiden machen schnell Gerüchte die Runde, die beiden könnten auch etwas mit dem Mord an Walter Klankermeier zu tun haben. Der Grund: Nicht nur die Vorgehensweise der Täter ist eine ähnliche, die Männer haben auch für den Rotlichtkönig gearbeitet. Peter B. war für Klankermeier als Geschäftsführer tätig und wurde kurz nach dessen Tod entlassen. Wilhelm P. soll als Kellner im "El Dorado" gearbeitet haben. Die Polizei ermittelt. Am Ende heißt es jedoch, die Verdachtsmomente gegen die beiden Männer hätten sich nicht erhärtet.

"Die Tatausführung war so krass, dass Mittäter aus Angst schweigen."
Ludwig Detter, ehemaliger Chef der Kripo Weiden
Fast 35 Jahre später hat die Polizei immer noch keinen Tatverdächtigen, geschweige denn einen Täter festnehmen können. Der Mord an Walter Klankermeier bleibt ungeklärt. Sein Anwalt hofft inzwischen nur noch auf ein spätes Geständnis: "Vielleicht will jemand auf dem Sterbebett noch sein Gewissen erleichtern. Aber auch das hat sich bisher nicht bewahrheitet", sagt Schulze.

Auch der ehemalige Kripochef Detter gibt sich in dem Fernsehinterview von 2003 nicht sonderlich optimistisch, dass die Tat noch einmal geklärt werden kann: "Die Tatausführung war so krass, dass Mittäter ...

Mordfälle in der Oberpfalz

Geklärte und ungeklärte Mordfälle gibt es auch in dem traditionsreichen Bayern und in der noch traditionelleren Oberpfalz. Zwar nicht ganz so viele wie in den meisten anderen Bundesländern, da Bayern ja jahrzehntelang in Richtung Osten durch den eisernen Vorhang abgeschottet war. Beziehungstaten, Raubmorde von Einzeltätern und kleinkriminelle Banden gab es schon immer. Durch die Öffnung der EU zu den Ostländern Europas kamen aber nicht nur die wirtschaftlichen Vorteile des europäischen Staatenbundes zum Vorschein, sondern auch die unliebsamen Machenschaften von organsierter Bandenkriminalität.

Morde hat es schon immer gegeben im beschaulichen Bayernland. Morde wird es auch immer geben. Einige davon werden rasch aufgeklärt und manche weniger rasch. Die ungeklärten Fälle wird es aber auch in Zukunft geben, die sogenannten Cold cases!

189 fast perfekte Morde in Bayern

Quelle: Mittelbayerische Zeitung vom 19.08.2019

Wenn alles ausermittelt ist, dann wird ein Verbrechen zum Cold Case. In der Oberpfalz gibt es sieben Fälle.
Von Isolde Stöcker-Gietl

REGENSBURG. In den vergangenen 30 Jahren konnten in Bayern 189 Mordfälle und Mordversuche nicht aufgeklärt werden und werden deshalb inzwischen als sogenannte Cold Cases geführt. Dies geht aus einer Antwort des Innenministeriums auf eine Anfrage der SPD-Landtagsfraktion hervor. In Deutschland steht der Begriff Cold Case für vollendete und versuchte Tötungsdelikte, die trotz intensiver Ermittlungen ergebnislos blieben und für die keine neuen Ansätze mehr gefunden werden können. Insgesamt wurden zwischen 1986 und 2017 4459 Morde und Mordversuche im Freistaat begangen, wie das Bayerische Innenministerium mit Bezug auf die Polizeiliche Kriminalstatistik mitteilte.

In der Oberpfalz starben mit Abstand die wenigsten Menschen in den vergangenen drei Jahrzehnten einen gewaltsamen Tod. Laut Auswertung der Polizeilichen Kriminalstatistik waren es 275 Morde und Mordversuche. Mit 776 Fällen seit 1986 steht Oberbayern an der traurigen Spitze. In Niederbayern gab es 352 Morde oder Mordversuche. In Schwaben (31) und Mittelfranken (30) konnten besonders viele der Morde nicht aufgeklärt werden. In Oberbayern führten 21 Morde nicht zum Täter, in Oberfranken 15, in Unterfranken 14. Schlusslichter der Statistik sind die Oberpfalz und Niederbayern, wo seit 1986 lediglich sieben bzw. fünf Morde und -versuche nicht abschließend geklärt werden konnten und damit als Cold Case geführt werden.

Wie Polizeisprecher Albert Brück vom Polizeipräsidium Oberpfalz auf Nachfrage erklärte, müssen bestimmte Kriterien vorliegen, damit ein Fall von der Polizei dieser Kategorie zugeordnet wird. Welche Mordfälle in der Oberpfalz als Cold Cases geführt werden, will er nicht sagen. „Zum einen, weil wir nicht wollen, dass sich die Täter in Sicherheit wiegen und zum anderen sollen die Angehörigen der Opfer nicht verstört werden." Zu den bekanntesten ungeklärten Mordfällen in der Oberpfalz gehört der Tod der 19-jährigen Manuela C. im Jahr 1987. Die junge Friseurin wurde nach einem Abend mit

Freunden tot unter der Regensburger Nibelungen-brücke aufgefunden. Im Jahr 1993 wurde der Schuhhändler Karl Perlinger in seinem Laden in Furth im Wald erstochen. Alle Spuren verliefen auch hier ins Leere. Auch im Fall Maria Baumer, die 2012 in Regensburg verschwand und deren sterbliche Überreste knapp eineinhalb Jahre später in einem Wald bei Bernhardswald gefunden wurden, konnte die Polizei den entscheidenden Hinweis auf den Tä-ter nicht finden. Ebenfalls ungeklärt ist der Tod von Dieter Löw aus Wernberg-Köblitz im Jahr 2014. Er starb nach einem Raubüberfall. Zu den spektaku-lärsten ungeklärten Mordfällen in Niederbayern ge-hört der Säbelmord von Abensberg. Fitnessclub-Be-treiber Pit Koller starb 1999. Ein Tatverdächtiger wurde vor Gericht freigesprochen.

Brück hebt im Zusammenhang mit diesen unge-klärten Mordfällen hervor, dass sie, auch wenn sie länger zurückliegen, nicht automatisch zu Cold Cases werden. Bislang gebe es in Bayern al-lerdings keine einheitliche Vorgehensweise, wann Mordfälle in diese Kategorie eingeordnet werden. Wie in anderen Bundesländern bereits üblich, fordert SPD-Fraktionschef Markus Rin-derspacher deshalb die Einrichtung einer Spezi-aleinheit für ungelöste Mordfälle.

Geklärte und ungeklärte Mordfälle

Eine Vielzahl von Morden bewegten die Gemüter nicht nur im direkten Umfeld der ermordeten Personen, sondern erregten auch regionale Aufmerksamkeit. Unter vielen geklärten und ungeklärten Mordfällen hier einige ausgewählte Tötungsdelikte, die sich im letzten Jahrzehnt ereigneten.

Quelle: O-Netz: Eine Chronologie.

- *30. August 2017: Mord an einer Prostituierten in Regensburg: Ein 21-Jähriger aus Mali erwürgte in Regensburg eine Prostituierte. Er hatte die 33-Jährige überfallen und ausgeraubt, später wurde sie tot in ihrem Apartment gefunden. Er wurde am Freitag zu lebenslänglicher Haft verurteilt.*

- *31. Mai 2016: Mord in Maxhütte-Haidhof: Ein 46-Jähriger Mann schoss in Maxhütte-Haidhof (Kreis Schwandorf) dreimal auf seine 59-jährige Lebensgefährtin, der letzte Schuss war tödlich. Kurz nach der Tat erklärte er den Nachbarn: "Sie schläft jetzt." Der dem Alkohol* verfallene Mann sei heimtückisch vorgegangen, befand das Amberger Schwurgericht. Das Urteil: Lebenslange Freiheitsstrafe wegen Mordes.

- *21./22. Dezember 2014: Mord an Wernberger Unternehmer:* Der 76-jährige Unternehmer Dieter Loew aus Wernberg-Köblitz wurde in seinem Haus Opfer eines brutalen Raubüberfalls. Er war so schwer misshandelt worden, dass er vier Wochen später seinen Verletzungen erlag. Im März 2015 konzentrierten sich die Ermittlungen der Staatsanwaltschaft auf die getrenntlebende Ehefrau und deren Lebensgefährten. Die Ermittlungen dauern an.

- *11. Februar 2014: Mann ersticht Ehefrau in Schnaittenbach:* Die 38-jährige Heike K. wollte sich von ihrem Mann trennen, mit dem sie seit 2011 verheiratet gewesen war. In der gemeinsamen Wohnung in Schnaittenbach (Kreis Amberg-Sulzbach) ist sie einer jähen Messerattacke zum Opfer gefallen. Der 47-Jährige Hermann K. stach 53-mal auf sie ein. Das Amberger Schwurgericht schickte ihn wegen Mordes lebenslang hinter Gitter.

- *26. Mai 2012: Maria Baumer verschwindet spurlos: Die 26-Jährige Maria Baumer aus Muschenried (Kreis Schwandorf) verschwand im Mai 2012, im September des Folgejahres fand ein Pilzesammler ihre sterblichen Überreste in einem Wald im Kreis Regensburg. Ihre Todesumstände bleiben womöglich ungeklärt, wie die Staatsanwaltschaft Regensburg im Januar 2018 mitteilte. Auch das Verfahren gegen ihren damaligen Verlobten wurde eingestellt.*

- *16. April 2012: Vorgetäuschter Suizid in Pfreimd: Die 35-Jährige hatte ihren Mann, einen Pfreimder Fuhrunternehmer, tot im Keller gefunden - das behauptete sie zumindest. In Wirklichkeit erschoss sie ihn mit einem Schrotgewehr. Der Grund: Habgier. Bei einer Auflösung des Ehevertrages wäre sie leer ausgegangen - nicht aber beim Ableben ihres Gatten. Susanne R. muss dafür lebenslang hinter Gitter. Mit dem Schuldspruch wurde eines der aufwendigsten Verfahren in der Amberger Justizgeschichte abgeschlossen. Nie zuvor waren so viele einzelne Beweise erhoben und Blickwinkel ausgeleuchtet worden.*

- *25. Januar 2012: Mord mit der Armbrust: Der Rentner Wolfgang B. hatte einen Abendspaziergang auf der Weidener Konradshöhe gemacht - seine letzten Minuten. Florian K. soll zunächst mit der Armbrust auf sein Opfer geschossen und schließlich mehrmals mit einem Messer zugestochen haben. Zusammen mit seiner Freundin war der Täter auf der Flucht, zum Tatzeitpunkt war er mehr als 24 Stunden unentschuldigt aus seiner Kaserne in Regen verschwunden gewesen. Die Motivation für das Verbrechen: Habgier. Beide setzten sich nach Fuerteventura ab, wurden aber beim Rückflug am Flughafen von der spanischen Polizei verhaftet und nach Weiden überstellt. Der Mann ist zu lebenslanger Haft verurteilt worden, seine Freundin bekam 13 Jahre und zwei Monate.*

- *24. Juni 2011: "Ortsrichter-Stüberl"-Wirt in Reuth ermordet: Ein Mord aus reiner Habgier: Viktor G. tötet den 67-Jährigen Gastwirt des des "Ortsrichterstüberls" in Reuth bei Erbendorf mit sieben Schlägen eines 1,4 Kilogramm schweren Fäustels. Der Täter raubte zwei Silberbarren, Bargeld und Korallenohrringe. Wie genau es zu der Bluttat kam, bleibt ungelöst. Der damals 34-Jährige wird zu lebenslanger Freiheitsstrafe verurteilt.*

- *4. November 2011: Stalker tötet junge Vohenstraußerin: Alexander S. tötete die 21-jährige Schülerin Stephanie Sch. aus Vohenstrauß mit vier Messerstichen in Oberschenkel und Hals. Wochenlang hatte sie der Mann zuvor mit SMS und Anrufen traktiert und war in der Nähe ihrer Wohnung umhergeschlichen. Der Mann wurde zu 13 Jahren Freiheitsstrafe verurteilt. Die Richter ordneten seine Unterbringung in einer psychiatrischen Klinik an.*

- *21. Mai 2010: Weidenerin erstickt ihren Sohn: Die 25-Jährige Angelina H. hat ihren acht Monate alten Sohn Gero umgebracht und ihn drei Tage auf der Wickelauflage ihrer Waschmaschine liegen lassen. Die Strafkammer verhängte lebenslange Haft für die Frau.*

- *11. Dezember 2008: Mann erschlägt Vater mit Axt-Stiel: In Gütenland (Kreis Schwandorf) hat ein 22-Jähriger seinen Vater (59) mit dem Holzstiel einer Axt erschlagen. Reinhold R. überraschte seinen Sohn im Elternschlafzimmer beim Diebstahl seiner Geldbörse. Der Sohn schlug seinen Vater 18-mal mit dem Stiel der Axt. Danach trug er die Leiche seines Vaters in den Kofferraum dessen Autos und schließlich in das elterliche Fahrsilo. Roman R. muss dafür lebenslang hinter Gitter.*

• *22. Juli 2006: Brutaler Mord an Amberger Juwelierin: Die 93-jährige Schmuckhändlerin Katharina K. ist in der Amberger Innenstadt in ihrer Wohnung erschlagen worden. Zwei Rentner (68 und 67 Jahre) wurden wenige Tage nach dem Raubmord verhaftet. Es dauerte rund zwei Jahre bis das Mordurteil rechtskräftig war - Rudolf R., einer der Täter, erlebte dies nicht mehr. Er nahm sich 2008 in seiner Zelle das Leben. Von der Beute, Schmuck im Wert von 30.000 Euro, fehlt bis heute jede Spur.*

• *30. Oktober 2005: Amoklauf von Saltendorf: Der Hobby-Jäger Hans M. war mit einer Pistole in das Saltendorfer Gasthaus Schlosser (Kreis Schwandorf) gestürmt und feuerte auf Wirtsfamilie und Gäste.*

Er hatte sich im Dorf abgelehnt gefühlt und wollte sich auf diese Weise rächen. Der 67-jährige Andreas W. kam dabei ums Leben, acht Menschen wurden teils schwer verletzt. Der Täter wurde wegen heimtückischen Mordes, sechsfachen versuchten Mordes und Körperverletzung verurteilt.

- *16. August 2004: Alexandra S. mit 25 Messerstichen ermordet: Der 55-jährige Flossenbürger Karl S. stach 25 Mal in Herz und Bauch seiner Frau. Drei Stunden lang quälte er sie, bevor sie im Wintergarten ihres Hauses starb. Die Staatsanwaltschaft sprach von "Folter" und "Hinrichtung" und verurteilte ihn zu lebenslänglicher Freiheitsstrafe.*

- *14. Mai 2004: Familientragödie in Grafenreuth: Mitten in der Nacht spielte sich ein Familiendrama am Hof der Familie in Grafenreuth (Kreis Neustadt/WN) ab. Mutter Ute und die beiden Söhne Tobias und Joachim liegen tot in ihren Betten. Ehemann und Vater Ernst M. hatte sie erschossen. Auch der 46-Jährige Landwirt liegt mit einer Kopfwunde im Bett, als die Rettungskräfte eintreffen. Er*

starb wenige Tage später im Kranken-
haus. Der Landwirt hatte seine Familie
offenbar aus Angst vor dem finanziellen
Ruin ausgelöscht. Zu diesem Fazit ka-
men die Ermittler gut eineinhalb Wo-
chen nach der Tragödie. Der "Wirner
Hof" in Grafenreuth war schon 1946 der
Schauplatz eines blutigen Geschehens:
In der Nacht zum 12. Januar wurde Ma-
thilde B. erschossen. Der Mord wurde nie
aufgeklärt.

- *12./13. Oktober 2003: Mord an Mareike G:*
  Die 20-Jährige Mareike G. aus Wald-
  münchen (Kreis Cham) kam grausam zu
  Tode. Ein 31-Jähriger hat sie erwürgt. Er
  war in ihre Wohnung eingestiegen, um
  Unterwäsche zu stehlen. Als er im Flur
  auf die junge Frau stieß, kam es zu der
  tödlichen Auseinandersetzung. In einem
  Waldstück bei Sulzbach-Rosenberg
  hatte er die Leiche verscharrt, die Frau
  wurde daraufhin ein halbes Jahr lang als
  vermisst gemeldet. Die Strafkammer des
  Landgerichts Regensburg befand Ste-
  phan B. für schuldig des Mordes.

Aufklärung von Mordfällen nach langer Zeit

Das sich kein Mörder sicher sein kann, dass seine Tat unentdeckt bleibt, zeigen Fälle, die nach Jahren oder nach Jahrzehnten durch Kommissar Zufall oder unter Zuhilfenahme modernster technischer Ermittlungsverfahren dann doch noch zum Erfolg führten.

Mittels DNA-Analysen werden manchmal Zufallstreffer erzielt. Schon bei einer Vielzahl von Fällen in denen in ganz anderen Vorgängen ermittelt wurden, ergaben sich unerwartete Zufallstreffer. Massen-Gen-Tests führten manchmal zu Überraschungserfolgen, bei denen Täter ermittelt wurden, die vorher nicht im Zielkreuz der Ermittlungen standen.

Aber auch Hinweise, die erst Jahrzehnte nach den Tötungsdelikten bei der Polizei eingingen, führte schon zu manch einer Auflösung eines schier unlösbar geglaubten Falles.

Die Faszination ungeklärter Mordfälle

Quelle: dpa und MZ vom 02.05.2015

Manche Mörder werden erst nach Jahrzehnten gefunden. Doch auch in Ostbayern bleiben immer wieder Fälle ungelöst.

Von Roland Böhm, dpa und Isolde Stöcker-Gietl, MZ, 02. Mai 2015

REGENSBURG.Es ist nur eine ganz, ganz unsichere Spur. Ein zaghafter neuer Ansatz. Was die Polizei Heilbronn neulich dazu brachte, den Mordfall Christine Piller nach knapp 30 Jahre wieder aufzugreifen, wollen die Beamten nicht verraten. Zu groß sei die Gefahr, dass die vielleicht allerletzte Spur zum Mörder der damals 19-Jährigen aus dem Odenwald dann gleich wieder verwischt wird. Vielleicht liegt es an der hohen Aufklärungsquote von 95 Prozent aller Mordfälle in Deutschland, dass die ungeklärten Fälle eine besondere Faszination auslösen. Egal, wie lange die Tat her ist.

Der Impuls für neue Ermittlungen in alten Mordfällen müsse „von der Dienststelle vor Ort kommen", sagt Marianne Falasch, eine Sprecherin des Bundeskriminalamtes. „Das BKA kann hier keine Vorgaben machen." Die Dienststellen würden ihre ungeklärten Mordfälle immer mal wieder in die Hand nehmen und klären, ob neue Methoden neue Erkenntnisse bringen. Mord verjähre nicht, Ermittlungen dazu würden nie wirklich eingestellt. Ende der 90er Jahre wurde beim BKA eine DNA-Analyse-Datei zur sicheren Identifizierung von Wiederholungstätern eingerichtet. Auch Fingerabdrücke von 2,8 Millionen Menschen sind beim BKA erfasst.

Von einer wahren „Welle an Aufklärungen" in den vergangenen zehn Jahren spricht Ina-Maria Reize-Wildmann, Chefredakteurin der ZDF-Sendung „Aktenzeichen XY ... ungelöst". Vor allem mit der DNA-Analyse seien die Möglichkeiten der Ermittler deutlich besser. „Brauchte man früher ein Haarwurzel, reicht jetzt eventuell schon eine Hautschuppe."

Auch in der Oberpfalz und in Niederbayern wurden durch die immer besseren Auswertungsmethoden für DNA zwischen 2000 und 2010 mehrere weit zurückliegende Mordfälle aufgeklärt. So der Mord an einer jungen Frau im Bayerischen Wald, die nach einem Diskobesuch mit einer Schneefangstange erschlagen wurde. Ein Massen-Gentest führte damals auf die Spur des Täters. Oder der Mord an einer Regensburger Prostituierten. 18 Jahre nach der Tat konnte einem Mann aus dem Raum Cham der Prozess gemacht werden.

Kniffelige Fälle, die sich scheinbar gar nicht lösen lassen, gibt es immer wieder. Wie der inzwischen fünf Jahre alte Mordfall Bögerl: Im Mai 2010 wird die Frau des Heidenheimer Sparkassenchefs Thomas Bögerl entführt. Die Übergabe des Lösegelds scheitert, Wochen später finden Spaziergänger die verweste Leiche der 54-Jährigen an einem Waldrand. Ein Jahr danach erhängt sich ihr Ehemann im Keller.

Zuvor geriet er selbst in Verdacht, in den Fall verwickelt zu sein.

Der Fall Perlinger, der Fall Manuela C., der Tod von Pit Koller – diese drei lange zurückliegenden Morde konnten von den ostbayerischen Ermittlern bislang nicht geklärt werden. Der Schuhhändler Perlinger wurde 1993 am helllichten Tag in seinem Geschäft in Furth im Wald getötet. Manuela C. wurde 1987 tot unter der Regensburger Nibelungenbrücke gefunden. Im vergangenen Jahr erreichte die MZ ein anonymer Hinweis in dem Fall, die Polizei nahm die Ermittlungen wieder auf. Doch eine neue Spur ergab sich daraus nicht.

Im Fall des Fitness-Clubbesitzers Pit Koller aus Abensberg, der 1999 mit einem Samurai-Schwert umgebracht wurde, endete der Prozess gegen einen ehemaligen Geschäftspartner mit einem Freispruch. Bis heute ist auch diese Tat nicht aufgeklärt. Auch im Fall der zunächst 16 Monate vermissten Maria Baumer aus Muschenried, deren sterbliche Überreste am 8. September 2013 in einem Waldstück bei Bernhardswald gefunden wurden, haben die Ermittler bis jetzt die Akten nicht schließen können. Ungeklärt ist ebenso das Schicksal der in Amberg lebenden gebürtigen Italienerin Anna Franca Poddighe. Sie verschwand drei Wochen nach Maria Baumer im Juni 2012. Bis heute konnte die damals 41-Jährigen nicht gefunden werden. Die Polizei geht von einem Gewaltverbrechen aus.

„Kommissar Zufall" war es hingegen, der die Stuttgarter Polizei 2011 – zwölf Jahre nach der Tat – auf die Spur zum Mörder des elfjährigen Tobias führte. Bei Recherchen zur Kinderpornografie fand man zufällig einen Bäcker; DNA-Spuren überführten ihn. Als 2012 die 1996 verschwundene Trudel Ulmen für tot erklärt werden soll, stößt Journalist Wolfgang Kaes vom „General-Anzeiger" in Bonn auf den Fall. Er recherchiert, erreicht neue Ermittlungen. Bald ist klar: Ulmen wurde ermordet. Ihr Mann gesteht. In die Geschichte der Kriminaltechnik ging das Blatt einer Stileiche ein: 1998 wird es im Auto eines Mannes gefunden, der damals im Verdacht steht, seine Frau ermordet und im Wald bei Venlo verscharrt zu haben. Der Wuppertaler behauptet, nie in dem Wald gewesen zu sein. Doch sechs Jahre später widmet sich das Kriminaltechnische Institut des BKA in Wiesbaden dem Eichenblatt. Die Forscher extrahierten die DNS, und ordnen das Blatt aus dem Auto des Verdächtigen zweifelsfrei genau jener Stileiche zu, unter der die Leiche vergraben war.

Im Heilbronner Mordfall Piller gehen nach der Wiederaufnahme der Ermittlungen rund 25 neue Hinweise ein. Einige neue Zeugen hätten die Bedeutung ihrer Wahrnehmungen für den Fall über Jahre hinweg falsch eingeschätzt, heißt es. Christine Piller wurde am 23. Januar 1986 in Mosbach zum letzten Mal lebend gesehen. Zwei Monate später wurde ihre Leiche in einem Wald bei Gundelsheim gefunden.

Routinemäßig immer wieder hervorgekramt hat die Polizei Karlsruhe über Jahrzehnte den Mordfall Antonella Bazzanella. Erledigt hat sich der Fall Ende Februar aber quasi von allein, durch das Geständnis eines heute 47 Jahre alten Mannes. „Um sein Gewissen zu erleichtern", wie es heißt, stellte er sich bei der Baseler Polizei – fast 30 Jahre nachdem er die 25 Jahre alte Italienerin im Hardtwald vom Fahrrad gerissen, malträtiert und ermordet hatte. Er sitzt in U-Haft und wartet auf seinen Prozess. Für den Staatsanwalt ist klar, dass seine Geschichte stimmt: „Er weiß Dinge, die nur der Täter wissen kann."

Der Kreuzberg

Das Wahrzeichen von Schwandorf thront fast zentral auf einem hohen Berg über der Stadt, dem Kreuzberg. Das christliche Gotteshaus hat eine wechselhafte Geschichte hinter sich. Sowohl in klerikaler, kultureller und kulinarischer Hinsicht in der Gaststätte daneben ist es einen Besuch allemal wert.

Auszug aus der Internetseite kreuzberg-schwandorf.de:

Die   Wallfahrt   auf   dem   Kreuzberg

Viele Wallfahrtskirchen verdanken ihre Entstehung einem Wunder oder einer Erscheinung, jedoch nicht die Wallfahrtskirche auf dem Kreuzberg. Der Ursprung der Wallfahrt auf dem Kreuzberg liegt im tiefen Glauben der Schwandorfer Bürger und in ihrer innigen Liebe zu Maria. Aufgrund dieser Liebe zu Maria wollten sie ihr zu Ehren eine Kirche errichten und sich unter ihren Schutz stellen. So sprachen am 18. Mai 1678 der Rat der Stadt und der Bürgermeister beim bischöflichen Konsistorium in Regensburg um die Erlaubnis zum Bau einer kleinen Kirche auf dem Kreuzberg vor. Diese Erlaubnis wurde am 8.

Juni 1678 erteilt, aber bereits am 18. Juni 1678 wieder zurückgezogen, wahrscheinlich bedingt durch einen Einspruch von Stadtpfarrer Wolfgang Christoph Mayr.

Die Schwandorfer ließen sich dadurch aber nicht in ihrem Bestreben nach dem Bau einer Kirche entmutigen. Deshalb setzten sie sich mit großem Eifer für die Rücknahme dieses Widerrufes ein. Somit konnte im Spätherbst 1678 doch der Grundstein zur Kirche gelegt und von Stadtpfarrer Wolfgang Christoph Mayr gesegnet werden. Bereits ein paar Jahre später wurde der Bau vollendet. Franz von Weinhardt, Weihbischof von Regensburg, konsekrierte die Kirche am 24. September 1679.

Durch die neue Marienkapelle erfreuten sich die Wallfahrten auf dem Kreuzberg schnell einer immer größer werdenden Beliebtheit. Pfarrer Mayr berichtet in seinen Aufzeichnungen von einer gesunden Kirchenkasse, die die Schwandorfer zum Großteil selbst gefüllt haben, was ein Zeichen für ihre Liebe und Hingabe zur Gottesmutter ist. Die Anzahl der Wallfahrten steigerte sich jedoch erst mit Aufstellung des Marienbildes, das der Wallfahrtskirche auf dem Kreuzberg von Stadtpfarrer Matthias Schmidt vermacht wurde. Schmidt war Stadtpfarrer in Schwandorf von 1647 bis 1664 und später in Cham, wo er auch verstarb und in der Pfarrkirche beigesetzt wurde. So kamen nach kurzer Zeit immer mehr Pilger auf den Kreuzberg. Sie waren aus dem

Schwandorfer Umland, ja bis von Regenstauf.

Das Marienbild hatte Schmidt wahrscheinlich durch seinen Bruder Caspar erworben. Dieser wohnte in München, unweit der Peterskirche, in der das Bild sehr verehrt wurde. Pfarrer Schmidt lernte das Bild dort kennen und war so sehr davon gefesselt, dass er eine Kopie in Auftrag gab. Auf Bitten seines Schwagers, Christoph Jakob Maxenberger, der sich sehr für den Bau der Kreuzbergkirche eingesetzt hatte, überließ er das Bild schließlich den Schwandorfern.

Die Wallfahrt zum Kreuzberg ließ sogar andere Wallfahrten aussetzen oder ganz wegfallen. So wurde zum Beispiel die Wallfahrt nach Neukirchen Hl. Blut gänzlich gestrichen oder die Wallfahrt nach Burglengenfeld nur noch alle drei Jahre begangen. Die gegründeten frommen Stiftungen finanzierten heilige Messen auf viele Jahre hinaus.

Des Weiteren entstand in der Stadt mit dem Kapuzinerkloster ein religiöses Zentrum, dessen Gründung auf die Fronbergerin Freifrau Susanna von Spierling und Stadtpfarrer Wolfgang Christoph Mayr zurückgeführt werden kann. Im Jahre 1680 ist die erste Niederlassung der Kapuziner verzeichnet. 1685 wurde der Bau eines Klosters begonnen, das die Kapuziner 1690 bezogen und 1693 Weihbischof Albert Ernst von Wartenberg die Klosterkirche St. Magdalena konsekrierte. Die Ansiedelung und Aktivität der

Kapuziner führten zu einem weiteren Wachstum der Wallfahrt. Dadurch wurde eine Erweiterung der Marienkapelle auf dem Kreuzberg notwendig. Einzig und allein Christoph Jakob Maxenberger, die eigentliche treibende Kraft der Wallfahrt, erlebte die Fertigstellung des Neubaus nicht mehr. Er starb 1698.

Da im Grundriss des zweiten Erweiterungsbaus von 1782 der Grundriss der ersten Erweiterung von 1698 enthalten ist, ist davon auszugehen, dass die alte Kirche mit der neuen Kirche einfach überbaut wurde, damit die Wallfahrt nicht gestört wird. Die Annahme verstärkt sich mit dem Blick auf den Abbruch der Kirche 1945. Damals wurde eine nachträglich zugemauerte Türe entdeckt, die aus der Sakristei in die Kirche geführt hatte. Große Bedeutung für den Erhalt und Fortbestand der Wallfahrt hatte auch die Errichtung der Skapulierbruderschaft auf dem Kreuzberg im Jahre 1722.

Während der Zeit der Kapuziner war es um die Wallfahrt auf dem Kreuzberg sehr gut bestellt.

So fanden monatliche Versammlungen der Bruderschaft mit Prozession und Predigt statt, welche immer mehr Pilger anzogen. Nachdem das Hospiz im Jahre 1802 aufgehoben wurde, erlitt die Wallfahrt einen Niedergang. Dieser konnte aber durch den intensiven Einsatz der nachfolgenden Stadtpfarrer Dr.

Steiner *(1800-1839) und Andreas König (1843-1874) überwunden werden. Sobald die Wallfahrtsseelsorge durch die Karmeliten 1889 übernommen wurde, führten diese die monatlichen Versammlungen wieder ein, so wie es vorher die Kapuziner gehalten hatten.*

Bis heute finden ist jeden dritten Sonntag im Monat Skapuliersonntag. Außerdem finden zahlreiche andere Wallfahrten statt, für die viele Pilger eine weite Anreise in Kauf nehmen.

Die wichtigsten Wallfahrtstermine zum Kreuzberg im Jahr sind:

1. Wallfahrtstag: Christi Himmelfahrt
2. Wallfahrtstag: Skapulierfest (3. Sonntag im Juli)
3. Wallfahrtstag: Patrozinium (Mariä Himmelfahrt)

Weitere Publikationen des Autors

H. Fuchs verfasste 2018 ein Buch über die Flüchtlingsproblematik allgemein und über die tödlichen Reisen von Migranten über das Mittelmeer speziell.

Laila weint nicht mehr

Das Ende der NGO`s?

Der Titel des Buches ist mehr eine Hoffnung und ein Traum, als dass er je Realität werden könnte. Viele tausend Menschen sind seit dem Erscheinen des Buches im September 2018 im Mittelmeer ertrunken. Nach wie vor ertrinken jeden Tag weitere Menschen im Meer, nachdem ihre seeuntüchtigen Boote sinken. Freiwillig geht niemand auf solche Boote, die keine Chance bieten Europa zu erreichen. Meist mit Waffengewalt und wenn es sein muss auch mit Erschießungen werden die Personen genötigt und auf die Boote gepfercht.

Der Autor ist im Mai 2018 als Schiffsführer der Seefuchs eine Mission gefahren. Nach der Rettung von 19 Personen war er der erste Skipper der Organisation Sea-Eye, der vom neu gewählten Innenminister Italiens mit dem Schiff nach Italien beordert wurde. Trotz vorangekündigter schwerer See sollte er die Westküste Siziliens anlaufen. Die erst einen Tag vorher von ihrem sinkenden Holzboot Geretteten sahen sich der Gefahr ausgesetzt, vom Deck des stark krängenden Fischkutters gespült zu werden.

Während der Innenminister Salvini Matteo lachend in der Badehose Wasserski fährt, lassen in der gleichen Zeit unzählige Menschen ihr Leben in ebendiesem Meer. Frauen, Männer, Greise, kleine Kinder, Babys gehen chancenlos in den Fluten für immer unter oder werden nach Tagen oder Monaten an irgendeine Küste gespült.

Das ebook kostet 3,99€. Erhältlich über jeden Buchhandel oder direkt über www.tredition.de

Alles über Flucht, Fluchtursachen, Hintergründe, NGO`s auf 450 Seiten. Auch in Paperback und Hardcover in print on demand.

Das Buch ist umso aktueller, als dass der Autor im März Vorahnungen hatte, dass die Arbeit der zivilen Seenotrettung dem Ende zugehen könnte. Mit Stand vom Februar 2019 werden die letzten beiden verbliebenen Rettungsschiffe Seawatch 3 von italienischen Coast Guard wegen Unregelmäßigkeiten im Hafen von Catania festgehalten. Was die Unregelmäßigkeiten sein sollen, kann von der CG jedoch nicht benannt werden. Das letzte verbliebene Schiff der Regensburger Organisation Sea-Eye liegt in Mallorca und soll nach spanischen Informationen auch aus dem Verkehr gezogen werden.

Egal wie jemand über die Migrationsproblematik denken mag. Im Buch wurde versucht, eine wertneutrale objektive Berichterstattung niederzuschreiben. Zurückgeblieben sind tausende und abertausende von Toten auf dem Grund des Mittelmeeres oder angespült an den Küsten Nordafrikas.

Der Erlös aus dem Verkauf des Buches geht zu 100 % an NGO`s (NGO bedeutet „Nicht-Regierungs-Organisation").